KB033794

내일의 가능성

일러두기

- 단행본·신문·잡지는 『 』, 시·미술작품·영화·노래제목은 「 」로 묶어 표기했습니다.
- 인명·지명 등의 외래어 표기는 국립국어원 규정을 따르는 것을 원칙으로 하였으나 용례가 굳어진 경우에는 통용되는 표기를 따랐습니다.
- 이 서적 내에 사용된 일부 작품은 SACK를 통해 ADAGP, ARS와 저작권 계약을 맺은 것입니다. 저작권법에 의하여 한국 내에서 보호를 받는 저작물이므로 무단 전재 및 복제를 금합니다.

내일의 가능성

나에게로 돌아오는 그림 독서 여정

조민진 지음

아트북스

프롤로그

나에게로 돌아오는 여정

오전 다섯시 십육분. 지금 막 고개를 들어 시계를 본다. 나는 대부분 이 시각에 깨어 있다. 아직 창밖은 깜깜하고, 책상 위에는 다 마신 레드불 캔이 두 개나 있고, 주변은 고요하다. 일찍 자고 일찍 일어나는 나는 평소 기상 알람을 오전 네시에 맞춰둔다. 알람이 울리면 보통 재깍 일어나는데, 특히 책 집필 기간에는 이런 새벽 시간을 더욱 황금처럼 여긴다. 나로서는 글쓰기를 위한 집중력과 효율이 가장 높은 시간대이기 때문이다. 다만 오늘은 여느 때와 조금 다른 점이 있다. 알람을 듣고 잠에서 깨어난 게 아니라, 한창 일을 하던 중에 예정대로 울리는 알람을 들었다는 것. 나도 모르게 꼬박 밤을 새워버렸다. 비교적 규칙적인 '아침형'이기 때문에 흔치 않은 일이다. 일요일이었던 어제, 이른 새벽부터 이 책의 최종 원고 검토 작업을 시작했다. 식사하거나 잠시 휴식했던 몇 시간을 빼고는 꼬박 스무 시간 넘게 작업에 매진했다. 한 권의 책을 비로소 마무리할 때 맛보는 뿌듯함과 설렘이 열정의 근원이다. 지금 이렇게 책의 서문을 쓰는 건 저자로서 가장 마지막 작업이다. 새삼 돌아보니, 지난 몇 개월이 참 아득하게 느껴진다.

일요일에서 월요일로 넘어가는 밤을 오늘처럼 마음 놓고 지새울 수 있는 건 출근하지 않아도 되기 때문이다. 나는 지난해 9월에 퇴사했고, 17년째 기자로 살던 삶과 이별했다. 그 계기나 연유, 소회 등은 본문에서 비교적 상세히 풀어두었다. 인생을 살다보면 과감하게 방향을 바꾸어야 할 때도 있다는 걸 알게 되었고, 그저 실천했을 뿐이다. 기자 시절에 이미 두 권의 에세이를 출간했고, 이 책 또한 퇴사 전부터 쓰기 시작했다. 하지만 회사에 다니는 동안은 언제나 기자로서의 본업이 우선이어서 집필 작업에 마음만큼 속도를 내지 못했다. 이 책의 4분의 1 가량을 기자로 살면서 썼다. 출판사와 함께 책을 계획한 시점이 재작년이었음을 감안하면 출간까지 시간이 꽤 많이 걸린 셈이다. 경험에 미뤄볼 때, 웬만한 책 한 권을 쓰는데 들이는 집중 집필 기간은 3~4개월 정도로 잡으면 충분하다. 나는 두번째 에세이를 쓰면서는 직장을 다니면서도 3개월 만에 탈고했었다. (첫 책 역시 집필하는 데 3개월이 걸렸지만, 그때는 해외 연수중이어서 직장

업무 부담은 전혀 없었다.)

굳이 집필 기간을 화두로 꺼낸 이유는 내가 이 책을 어떻게 써나갔는지를 조금은 설명하고 싶어서다. 그리고 여느 때와 달리 더 많은 시간이 걸린 이유를 괜히 한번 변명해보기 위함이다.

이 책에는 지극히 나의 기분과 상황, 주관에 따라 고른 서른두 권의 책과 서른일곱 점의 그림이 각각 짝을 이뤄 담겨 있다. 책과 그림을 내 이야기와 조합해 엮었다. 담은 책 전부를 이 책을 쓰는 동안 다시 읽거나 처음 읽었고, 책과 어울리거나 연상되는 그림 한 점을 고르느라 여러 날을 고심하기도 했다. 추억은 또렷해도 기억에는 한계가 있다. 나와 함께했던 책들에 얽힌 이야기나 감상을 다른 이가 읽어볼 만한 텍스트로 구현하기 위해서는 책을 다시 완독하는 과정이 필요했다. 수록된 그림 속 인물들은 대부분 '책'과 함께 있다. 나의 취향 말고도 짝지어진 책과의 조화나 저작권 문제까지도 헤아렸다. 예상보다 시간과 노력이 더 많이 드는 작업이었다. 언급한 책에서 내가 좋아하거나 독자들의 이해를 도울 만한 대목을 남겨보겠다는 나의 의지가 출판사와 편집자를 두 배로 바쁘고 힘들게 한다는 것도 이번에 실감했다. 성심을 다해 지원해준 아트북스는 물론이고 인용문 재수록을 허락해준 타 출판사들에 깊이 감사한다. 이 책을 읽어줄 당신에게, 내가 고른 책이 그림처럼 떠오르고 내가 선택한 그림이 마치 책처럼 읽힌다면 좋겠다.

매 챕터를 대표하는 한 권의 책들은 그저 내가 책을 쓰는 시기에 떠올린 '옛 친구들'이거나 처음 만난 '새 친구들'이다. '가장 좋아하는' 혹은 '가장 큰 영향을 미친' 책 등으로 상위 32위 안에 꼽힌 책들이 아니라는 얘기다. 정말 좋아하는 책이라도 기존의 훌륭한 책들에서 너무 흔히 언급되었다면 선택지에서는 제외했고, 어떤 책은 그저 내 마음에만 담아두고 싶어서 선택하지 않은 경우도 있다. 또 어떤 책은 이야기를 풀어낼 재간이 부족해 택하지 못하기도 했다. 다만 비교적 거의 모든 책에 관대하고 특별히 편식하지 않는 나의 독서 스타일에 따라 고전이나 소설은 물론이고 에세이·인문·전기·자기계발·만화 등 다양한 장르를 망라해보았다.

어쩌면 지금의 내가 미처 기억하지는 못하지만 과거에 읽었던 많은 책들이 어떤 식으로든 내 안에 자리잡고 있을 것이다. 그리고 그 책들은 내가 모르는 사이에도 나의 생각과 행동을 인도할 것이다. 나는 책이란 그런 것이라고 생각한다. 읽힌 뒤에 결국 잊힌다 해도 읽어준 이에게 언제나 조용한 버팀목이 되어주는 존재 말이다. 한 권을 여러 번 읽든, 여러 권을 한 번씩 읽든, 처음부터 끝까지 읽든, 내키는 대로 부분만을 읽든, 그저 제목과 표지만 감상하든, 사놓고도 잊어버리든, 책을 그저 곁에 두고 지낼 수 있다면 우리는 '가능성'을 품은 존재가 된다. 가능성은 상상력과 맞닿아 있다. "상상력이 있으면 상대를 이해할 수 있고, 이해할 수 있게 되면 상대를 존중하게 된다"는 프랑수아즈 사강의 말이 나는 참 좋다. 사강은 상상력이 곧 지성이라고 생각했다.

독자들에게는 큰 의미 없는 사족일지라도, 서문을 빌려 꼭 애정을 표하고 싶은 이들이 있다. 언제나 나를 지지해주는 가족이다. 늘 나를 위해 기도해주는 아빠와 엄마, 그들은 일하는 딸과 사위를 위해 10년 넘게 손녀를 도맡아 키워주셨다. 아빠는 내 딸 서윤이가 풀 문제집을 사기 위해 부산에서 울산의 서점까지 한달음에 운전해 가는 열정을 갖고 있다. 엄마는 학교와 학원을 바삐 오가는 서윤이의 통학을 하루에 열두 번이라도 놓치지 않고 챙긴다. 남편 박수균은 15년째 함께 살면서 나와 정말 가족이 되었고, 나는 그를 점점 더 좋아하게 되었다. 내가 퇴사하고 글을 쓰겠다고 했을 때 남편은 두말없이 "한 번 사는 인생인데 하고 싶은 걸 해야지"라고 격려와 응원을 보내줬다. 나는 잊지 않고 보답할 작정이다. 이런 남편을 길러준 시부모님께도 감사한 마음을 갖지 않을 수 없다. 이번 책에는 사랑하는 내 동생, 혜원과의 에피소드도 실려 있다. 그녀가 좋아했으면 좋겠다. 칭찬만 하면 "고슴도치도 제 새끼는 예뻐하는 법"이라며 시크하게 반응하는 우리 딸 서윤이는 이제 내게 제법 괜찮은 조언을 줄 정도로 똑똑하다. 언제나 기특하고 사랑스럽다. 아흔이 넘은 연세에도 나의 외할머니는 돋보기를 대고 내가 쓴 두 권의 책을 모두 완독하셨다고 한다. 그 사랑을 평생 못 잊을 것 같다. 아트북스는 초보 작가의 첫 책 『모네는 런던의 겨울을 좋아했다는데』를 사랑받는 책으로 만들어준 곳이다. 그리고 또다시 나와 함께 이 책을 만들었다. 정민영 대표님과 임윤정 편집자님께 고개 숙여 감사드린다.

늘 책을 사기에 점점 책이 쌓인다. 사는 만큼 다 읽어내지 못해 약간의 죄책감을 안고 산다. 책을 읽고 그림을 보는 일은 결국 나 자신에게로 돌아오는 여정이다. 이 책이 누군가가 자신을 찾아가는 데 한 방울의 계기라도 될 수 있다면, 말할 수 없이 기쁠 것 같다. 책을 써나가며 내가 한결같이 생각한 사람들은 바로 생면부지의 독자들이었다.

2022년 새 봄에

조민진

차례

3부 슬퍼도 걷는다

4부 새로운 내일

1부

어른이 된다는 건

편안해야
우아해진다

『우아함의 기술』, 사라 카우프먼
노상미 옮김, 뮤진트리, 2017

우아해지고 싶었던 시절이었다. 직장생활 13년차로 접어들 즈음 나는 조직에서 자의 반, 타의 반으로 맡은 업무가 단조롭고 지루하다는 생각에 빠져 있었다. 돈보다는 희망을 좇아다니던 회사였지만(그렇다고 돈으로부터 자유롭다는 얘기는 아니다!), 하는 일에 흥미를 느끼지 못하니 자존감이 떨어지고 스스로가 초라하게 느껴졌다.

답을 찾고 싶어지면 습관적으로 서점에 간다. "책 속에 길이 있다"는 오랜 격언을 신봉하기 때문이다. 그 시절에도 나는 서점을 어슬렁거리며 많은 시간을 보냈다. 회사에서는 새벽 근무를 했기 때문에 낮에는 자유로웠다. 그러던 어느 날 당시 신간으로 나와 있던 책 한 권에 눈길이 갔다. 『우아함의 기술』. 퓰리처상 수상자이자 무용 비평가인 미국 저널리스트 사라 카우프먼이 쓴 책이다. 제목만 봐서는 몇 가지 테크닉을 익히면 바로 우아해질 수 있을 것 같지만, 고상함이나 품위 같은 게 어디 그리 쉬운 문제인가. 우아함이라는 건 결코 하루아침에 얻어지는 것이 아니다. 그 정도는 알고 있다. 그렇더라도 책에서 답을 찾아보고 싶었다. 보랏빛 표지의 책을 샀다. 그리고 어쩌다보니 그 책은 책장 안에서 몇 년째 잠을 잤다. 나는 답을 찾지 못한 채, 그저 우아함에 대한 열망만을 간직하고서 하루하루 버티고 있었다.

마침내 다니던 회사를 관뒀다. 더 우아해지고 싶어서 내린 선택이었다. 갑자기 자유시간이 넘쳐났고, 나는 한가로이 온갖 욕망이 집결된 책장을 들여다보며 시간을 보냈다. 단정하게 꽂혀 있는 『우아함의 기술』이 다시 눈에 띄었다. 우아함은 내 궁극의 욕망이다. 이젠 한결 여유로워졌으니 읽고자 하는 책을 피할 핑계 따위는 없어졌다. 휘리릭 책장을 넘기는데 한 대목이 눈에 걸린다. "직장에는 우아함이 없죠. (……) 그 모든 관료주의, 동료들끼리의 내분에 업무를 둘러싼 그 말도 안 되는 헛소리들……"(286쪽) 내일 아침 출근하지 않아도 되는 나는 밤새 책을 정독했다. 회사를 떠나 자유인이 되었으니 비로소 어떤 방해도 없이 우아함을 연습할 수 있게 된 것이다.

카우프먼은 캐리 그랜트의 일화로 서두를 연다. 영화 관련 미팅중이었는데 긴장한 오드리 헵번이 실수로 그의 바지에 포도주를 쏟고 말았다. 당황한 주변 사람들이 웅성거렸지만 정작 그랜트는 대수롭지 않은 일이라는 듯 웃어넘겼다. 그리고 그 축축해진 바지를 입고서 끝까지 미팅을 마쳤다. 이런 그의 모습에서 느낄 수 있는 게 우아함이라는 것이다.

> 우아함이란 자신이 처한 입장에서 느긋하고 편안해하는 것임을. 프랑스어는 이것을 'bien dans sa peau(피부에서 행복하기)'라고 잘 묘사했다. 편안하고 따뜻하고 감각적인._176쪽

편안한 것이 우아한 것. 자신을 위해서든 타인을 위해서든 편안해져야 우아해진다는 것. 나는 책의 주제를 간파하고 새삼 충격을 받았다. 늘 우아한 사람이 되고 싶었는데, 그동안 한번도 '편안함'과 '우아함'을 같은 선상에 놓고 생각해본 적이 없었기 때문이다. 오히려 우아하기 위해서는 편안함을 포기해야 한다고 여길 때가 많았다. 우아하기 위한 전제 조건이 편안함이라면, 편안하기 위해서는 어찌해야 하는가.

저자는 편안해지는 것도 훈련하고 연습해야 한다고 말한다. 훈련과 연습은 습관을 만들고, 습관적 행동은 결국 자연스럽고 편안하며, 사람은 자연스러울 때 우아해진다는 논리다. 그리고 또하나, 자유로우면 편안해진다고 했다.

중요한 것은 이것이다. 삶의 흐름 속으로 들어가는 것, 그 흐름에 실려 가는 것, 그리고 그걸 즐기는 것. 최근에 나는 유명한 이탈리아 발레리나 알렉산드라 페리와 우아함을 주제로 이야기를 나누었는데 그녀는 이탈리아인들이 느긋하고 밝고 편안하다는 평을 얻은 비결에 대한 자신의 생각을 알려주었다. 즐기고 위험을 감수하는 걸 겁내지 않는 것. 그것이 자유죠._373쪽

'당신은 얼마나 편안한 사람인가'라는 질문 앞에서 나는 아직 '매우 그렇다'고 말할 자신이 없다. 늘 더 연습하고 더 훈련하기 위해 노력했지만, 노력을 통해 충분히 편안해지는 경험을 했던 기억이 잘 떠오르지 않는다. 노력하면서 늘 긴장했다. '내 노력이 무너지면 어떡하나' 하고. 노력하면 할수록 실수하지 말자고 되뇌었다. 일에서도 인간관계에서도 내가 노력하는 만큼 실패하지 않아야 한다는 압박감이 있었다. 실패에 대한 두려움과 걱정 때문에 '훈련된 자연스러움'에 도달하지 못했다. 편안하지 않았다. 실수나 실패 없는 완벽함을 통해 비로소 우아해질 수 있다고 믿었기에 나는 자주 불안하고 초조했다. 결국 나는 우아했던 적이 없었던 것일까.

실수를 인정하면 인간적으로 보인다. 완벽함의 가면을 쓰고 자신을 보호하는 것보다 엉망인 걸 인정하는 것이 더 우아하다. (……)

에드가르 드가, 「뒤에서 본 누드, 독서」, 종이에 파스텔, 38x27.8cm, 1885, 개인 소장

에드가르 드가, 「쉬는 댄서」, 보드에 분필과 파스텔, 70x50cm, 1880, 개인 소장

> 결함은 매력으로 다가올 수 있다. 우리는 결함이 있는 영웅을 사랑한다. (……) 완벽함은 지루하다. 인간적인 것이 더 흥미롭다._373쪽

평생 완벽을 추구했지만 결코 편안해지지 못했던 예술가를 안다. 19세기 프랑스 파리의 순간순간을 사진처럼 남겨두고 간 화가 에드가르 드가Edgar Degas. 우아한 그림을 떠올릴 때마다 가장 먼저 그가 떠오른다. 휴식 시간에 신문을 보는 발레리나, 아무것도 입지 않은 채 책에 몰두해 있는 여인의 뒷모습처럼 그는 구석진 곳에서도 우아함을 발견해내는 화가였다. 다만 편안함이 곧 우아함이라면 정작 화가의 삶은 우아하지 못했다. 드가는 고집스러운 성정과 완벽주의 기질 탓에 예민하고 불안한 사람이었다. 진정으로 편안한 순간을 많이 누리지 못했을 것이다.

우아하지 못한 드가는 그럼에도 내가 사랑하는 예술가이다. 결함이 있는 영웅이기 때문이다. 완벽을 향한 강박, 그 인간적인 결함 때문에 그는 내게 지루하지 않다. 그래도 죽은 예술가가 하늘에서만큼은 편안하면 좋겠다. 그리고 나는 지금부터라도 조금 더 편해지려고 한다. 조금이라도 더 우아해지고 싶기 때문이다.

기계 시대의
최고 필수품

『몽테뉴의 수상록』, 미셸 에켐 드 몽테뉴
안해린 옮김, 정영훈 엮음, 메이트북스, 2019

남편이 요리를 하고 내가 설거지를 하는 건 우리가 서로 군말 없이 지키는 약속이다. 나는 가끔 설거지 양이 많아지는 게 귀찮아서 그릇이 많이 필요 없는 간단한 식사를 주문하고, 남편은 가끔 요리하기 피곤하면 "오늘은 그냥 시켜 먹자"며 배달 음식을 제안한다. 나는 배달 음식도 좋다. 피자나 치킨을 좋아할 뿐 아니라, 설거짓거리도 훨씬 줄어들기 때문이다. 게다가 먹다 남긴 건 다음날 전자레인지에 데우기만 하면 또 편하게 한 끼를 해결할 수 있다.

우리가 분담하고 있는 또다른 일에는 '커피'와 '차' 만들기도 있다. 집에서 커피는 항상 내가 만들고, 차는 늘 남편이 우린다. 커피는 내가 더 좋아하고, 차를 마시는 건 그가 추천한 일이라 자연스럽게 그리 정해졌다. 함께 사는 동지로서 이처럼 필수적인 몇 가지를 기계적으로 나눠 맡는 건 꽤 편리하고 만족스럽다. 의사결정을 반복하는 피로감이 줄어들고 불필요한 갈등의 소지가 사라진다. 서로 다른 두 사람이 생의 어느 지점부터 함께해야 한다면 이런 '기계 정신'도 필요하다고 생각한다.

그래서 오늘도 난 설거지를 했다. 런던에서 셰익스피어 글로브극장을 투어하고 기념으로 사온 컵받침대도 설거짓거리 중 하나였다. 세제를 묻힌 스펀지로 보글보글 거품 나게 닦으며 컵받침대 위에 적힌 문구를 몇 번쯤 곱씹었다. "My heart is true as steel(내 심장은 강철같이 진실해요)." 이 글귀가 좋아서 샀던 기념품이었다. 셰익스피어의 희곡 『한여름밤의 꿈』에서 순정파 헬레나는 변심한 연인 드미트리우스를 '쇠나 돌처럼 무정한 사람'이라고 원망했다. 그러면서도 변치 않는 자신은 '강철같이 진실한 심장을 가진 사람'이라고 표현했다. 같은 쇠가 무정해질 수도 진실해질 수도 있다니, 그 모순이 참 재기발랄하다.

문득 20세기 팝아트 스타일의 선구자격인 프랑스 화가, 페르낭 레제Fernand Léger가 떠올랐다. 페르낭 레제는 그림으로 '기계 시대'를 구현했다. 인체를 튜브 모양 조각들로 구성해 마치 로봇 형상처럼 표현했다. 20세기 초 프랑스 입체주의를 자신만의 독창적이고 대담한 '튀비즘Tubism' 화풍으로 발전시켰던 것이다. 제1차세계대전에 참전했던 그는 전쟁을 극복한 인간이 누

페르낭 레제, 「독서」, 캔버스에 유채, 113.5x146cm, 1924, 파리 퐁피두센터

리게 된 안락함을 그런 방식으로 표현했다. 그의 그림은 기계적 형상들로 가득하다. 전후 혼돈 상황을 기계가 치유할 수 있다고 믿었다. 단순하게 표현된 인간은 일견 기계의 부속품처럼 보이지만 동시에 견고하고 강건한 느낌을 준다. 차갑고 냉정하지만 굳세고 진실된 '강철 인간'.

'독서'라는 제목이 붙은 레제의 그림에도 마치 로봇처럼 보이는 남녀 커플이 있다. 얼핏 기계가 지배하는 세상에서 질서에 순응하며 살아가는 건조한 인간이 연상된다. 그런데 두 사람이 가슴 앞에 펼쳐 든 빨간 표지의 책이 시선을 끈다. 책이 쉼 없이 박동하는 붉은 심장처럼 느껴진다. 그림이 그려진 1920년대, 이미 한창 진행된 산업화로 세상이 바뀌었어도 독서의 중요성은 변하지 않았다는 메시지가 아니었을까. 영혼이 담긴 책은 우리를 진실하게 만든다. 그림 속 두 사람은 부부나 연인일 것 같다. 같은 책을 읽고 있다면, 독서 후에 서로는 조금 더 가까워질 것이다.

> 평화로운 시절에든 전쟁중에든, 나는 절대 책 없이 여행을 떠나지 않는다. (……) 책이 내 곁에 있어 내가 원할 때 즐거움을 줄 것이라는 상상만으로도 내가 얼마나 평온해지는지 또 얼마나 큰 위안을 받는지 말로 표현할 길이 없을 정도다. (……) 삶의 여정에서 내가 찾은 최고의 필수품이 바로 책인데, 이것을 양식 있는 사람

들에게 말로 전해주려니 안타깝다._194쪽

남편과 나는 앞서거니 뒤서거니 같은 책을 읽고 공유한다. 때로는 한쪽이 이미 사둔 책을 다른 쪽이 또 사 오는 바람에 한 집에 같은 책이 두 권씩 쌓이는 경우도 있다. 서가를 공유하면 종종 책에서 서로의 흔적을 발견하기도 한다. 16세기 르네상스 시대의 프랑스 사상가, 몽테뉴의 『수상록』에서도 남편이 먼저 읽은 흔적을 발견했다. 『수상록』의 원제는 프랑스어로 '엣세Les Essais', '시도'라는 뜻이다. 에세이 장르의 시작이었다. 몽테뉴가 20여 년의 세월 동안 모두 2000쪽에 달하는 방대한 분량으로 완성한 책이지만, 우리 집 서가에 있는 건 핵심 내용을 간추려 재구성된 가벼운 편역본이다. 책의 첫 장에는 '2016년 12월 10일 일요일 저녁에' 이 책을 읽었다는 표시가 있다. 음, 그때 봤구나. 그리고 책장을 넘겨보는데 '지금 이 순간을 온전히 즐긴다'라는 소제목이 붙은 2장 시작 페이지에 제법 긴 낙서가 있다. 박인환의 시 「목마와 숙녀」 마지막 대목이다. 음, 시까지 써뒀군.

「목마와 숙녀」, 박인환

……

인생은 외롭지도 않고
그저 잡지의 표지처럼 통속하거늘
한탄할 그 무엇이 무서워서 우리는 떠나는 것일까.
목마는 하늘에 있고
방울 소리는 귓전에 철렁거리는데
가을바람 소리는
내 쓰러진 술병 속에서 목메어 우는데

「목마와 숙녀」는 학창시절 내가 참 좋아했던 시다. 다만 나는 '한 잔의 술을 마시고/우리는 버지니아 울프의 생애와/목마를 타고 떠난 숙녀의 옷자락을 이야기한다'로 시작되는 시의 첫 부분을 가장 좋아했다. 술 한잔 마시며 문학을 논할 수 있는 낭만을 동경하던 어린 시절이었다. 아무튼 남편은 『수상록』을 읽다가 왜 「목마와 숙녀」를 떠올렸을까. 직접 베껴 쓰기까지 하고. '지금 이 순간을 온전히 즐긴다'는 명제에서 '인생이 잡지의 표지처럼 통속하다'는 대목이 연상됐나? 알쏭달쏭하다. 잘 모르겠다.

『수상록』은 자아성찰의 기록이다. 몽테뉴는 나이 마흔일곱되던 1580년에 1권을 내고 1588년에 3권을 출간하는 것으로 전권을 마무리했지만, 1592년 죽기 전까지 계속 수정했다고 한다. 자신을 알아간다는 게 그만큼 어려운 일이라는 방증일 터이다.

실제로 몽테뉴는 "세계에서 가장 위대한 것은 나답게 되는 법을 아는 것"이라는 말을 남겼다. 우리는 거듭 자신을 알아가며, 늙어가고, 결국 죽음을 맞는다. 나답게 사는 일이 중요하고 위대한 까닭은 내가 없다면 결국 모든 것이 없는 것이기 때문이다.

> 그대가 움직일 때 모든 것이 움직이지 않는가? 세상에 그대와 함께 노쇠하지 않는 것이 있는가? 수많은 사람이, 수많은 동물이, 수많은 생물이 모두 당신이 죽는 그 순간 죽는다._31쪽

나답게 살기 위해 자신을 알아가는 데는 독서가 유용하다. 책 속에는 '온갖 나'들이 살아 있다. 강인한 나, 나약한 나, 긍정적인 나, 부정적인 나, 성공한 나, 실패한 나, 희망적인 나, 좌절한 나, 자랑스러운 나, 부끄러운 나…… 책을 통해 만나는 다양한 인물들이 내 안에 숨어 있는 '또다른 나'일 수 있다. 실존 인물이든 가상 인물이든, 공감하거나 비판하는 가운데 결국 자신을 들여다볼 수 있다. 기계는 매사 일관되게 작동하지만, 인간은 한 가지 방식으로 설명되지 않는다. 기계 시대를 살아도, 모든 자아는 미묘하고 복잡하고 섬세하다. 그래서 책을 통해 최대한 다양한 자아를 만나야 한다. 그렇게 평생을 들여 자신을 탐구할 수밖에 없다. 몽테뉴는 "삶의 여정에서 찾은 최고의 필수품이 책"이라고 썼다.

나도 책을 읽으면 흔적을 남긴다. 다음에 더 쉽게 읽기 위함이고, 나중에 '지난날의 나'를 되돌아보고 싶은 바람 때문이다. 남편이 흔적을 남긴 책을 뒤따라 읽다보면 왠지 그를 조금 더 알 것 같다. 그의 속마음 깊숙한 곳까지 다녀와본 기분도 든다. 언젠가는 딸 서윤이가 우리의 흔적을 짚으며 책을 읽는 날도 올 것이다. 책을 공유하는 사이라면 서로 연결된다. 단조롭고 건조한 기계 시대를 살더라도, 서로 다른 심장에 같은 책이 명중한다면, 자신을 살피듯 상대를 살펴보는 인간적 순간을 맛볼 수 있다.

"My heart is true as steel."

누구의 심장이든, 쇠라서 무정하기보다 강철이어서 진실하면 좋겠다.

괜찮아,
다 같이 고독한 거야

『여행의 기술』, 알랭 드 보통
정영목 옮김, 청미래, 2011

퍼시 애들런 감독이 1987년에 제작한 「바그다드 카페」는 내가 정말 좋아하는 영화다. 영화를 보지 않은 사람이더라도 영화 주제가 「콜링 유calling you」를 한번쯤은 들어봤을 것이다. "라스베이거스로부터 이어진 어느 사막 길. 당신이 머물던 곳보다 더 좋은 어떤 곳A desert road from Vegas to nowhere. Some place better than where you've been"으로 시작하는 노래. 이 노래를 들으면 나는 정말 어느 황량한 사막 한가운데로 쿵 떨어지는 것 같다.

「바그다드 카페」는 혼자 보기를 추천한다. 누군가의 외로움에서 시작되는 영화이기 때문이다. 나는 마음 한편에 응축된 외로움을 의식하며 혼자서 이 영화를 보곤 한다. 야스민은 남편과 함께 여행하다가 혼자가 된다. 여행중 이별이란 얼마나 슬픈가. 낯선 곳에서 뜻밖의 서글픔이 불쑥 찾아들 테니. 야스민은 커다란 짐가방을 끌고 카페에 당도한다. 브렌다가 운영하는 곳이다. 모텔과 주유소도 함께 딸려 있다. 브렌다도 외롭다. 무능한 남편과 막 헤어졌고, 일은 늘 고되다.

이렇게 외로운 사람들이 등장하는 영화를 혼자 조용히 따라가다보면 어느새 위로받고 있는 나를 발견한다. 지극히 외롭다가, 치유되고, 또다시 외로워지고, 다시 위로받는…… 영화 속 인물들의 삶에서 평범한 우리의 삶을 본다.

특히 야스민이 좋다. 지극히 비참한 상황에서 지극히 담담하다. 사막 길을 걷고 걸어 카페에 도착한 야스민은 땀을 닦는다. 남편을 떠나보낸 브렌다는 눈물을 닦고 있다. 땀을 닦는 여자와 눈물을 닦는 여자가 처음 마주하는 순간. 둘이 말없이 서로를 바라보는 그 황량한 장면에서 보는 이는 언제나 알 수 없는 안도감을 느낀다. '너만큼 나도' 혹은 '나만큼 너도' 외롭다는 공감과 이해가 번진다. 그래, 인생이란 결국 땀과 눈물의 결정체다. 쓸쓸하고 초라했던 카페는 야스민이 온 뒤로 생기를 띤다. 야스민이 홀로 연마한 마술 실력이 빛을 발하면서 손님들로 북적인다. "모든 게 마술 같아. 슬플 게 하나 없어요."

「바그다드 카페」를 보면 에드워드 호퍼Edward Hopper의 그림이 떠오른다. 인적 드문 길가의 주유소, 카페나 호텔방에 우두커니 홀로 앉은 여인 등…… 호퍼가 그린 외로운 정서가 고스

에드워드 호퍼, 「293호 열차 C칸」, 캔버스에 유채, 50.8x45.7cm, 1938, 뉴욕 IBM코퍼레이션

란히 복제되어 살아난다. 호퍼의 그림에서 홀로 있는 이들은 가끔은 뼛속까지 외로워 보인다. 브렌다의 카페나 길 위의 야스민처럼 쓸쓸해 보인다. 내가 외로울 때 그림을 보면 더욱 느낀다. 무심한 눈으로는 보이지 않는 모습들. 의미 없는 순간의 모든 존재는 속으로 외로움을 삭인다.

살아생전 호퍼와 교유했던 캐서린 쿠는 『전설의 큐레이터, 예술가를 말하다』에서 정작 호퍼 자신은 '미국적 풍경'이나 '외로움'을 드러내려고 의도했던 게 아니라고 전한다. 그러면서 호퍼라면 '외로움lonliness' 보다는 '혼자solitude'라는 표현을 선호했을 거라는 견해를 밝힌다. 실제로 호퍼는 지나치게 감정을 강조하는 추상표현주의 화가들을 못마땅해했다고 한다. 그는 눈에 보이는 대상을 그렸던 구상화가였다. 다만 그리려고 선택한 대상에만 집중했기에 화폭에는 여백이 많았고, 여백은 감상자에게 그만큼 더 느끼고 사유할 수 있는 자유를 줬다.

호퍼의 대표작 중 하나인 「293호 열차 C칸」을 본다. 기차를 타고 가는 여자는 담담해 보인다. 그림 안에는 그녀만 있다. 외로워 보이진 않지만 고독해 보인다. 그녀는 읽고 있다. 고독한 여행길에 책은 가장 좋은 친구다. 그녀처럼 혼자여도 괜찮을 것 같다. 고독해도 괜찮을 것만 같다.

작가 알랭 드 보통도 외로운 순간에 호퍼의 그림을 떠올렸다. 황량함을 그렸지만 황량해 보이지만은 않는, 슬픔을 그렸기에 슬픔을 벗어나게 해주는 그림들을 말이다. 외로움이 담긴 영화를 보며 나의 외로움을 달랬던 건 나만의 일이 아니었나보다. 알랭 드 보통도 "어쩌면 우리가 슬플 때 우리를 가장 잘 위로해주는 것은 슬픈 책"이고, "사랑할 사람이 없을 때 차를 몰고 가야 할 곳은 외로운 휴게소인지도 모른다"고 했다. 그의 유명한 '여행 책'에서.

알랭 드 보통의 『여행의 기술』은 지난 2004년 국내에서 처음 출간됐다. 내가 갖고 있는 『여행의 기술』은 2010년 1월에 초판 20쇄로 나온 책이다. 10년도 더 된 책을 해외여행이 어려워진 코로나 시대에 다시 펴보았다(이 책은 2011년에 개역판이 나왔다). 책은 결국 우리가 여행을 하는 이유에 관한 얘기다. 여행중에 얻는 아름다운 이미지들, 일상에 반영되는 여행의 경험, 불완전한 기억과 영원히 간직하고픈 욕망, 시인 워즈워스가 "시간의 점"이라고 불렀다는 행복한 순간 등. 이런 이유들 때문에 여행은 그 자체로 예술이 된다. 특히 공감한 대목은 '선택과 강조'에 관한 통찰이다. 여행중에 보는 것과 여행 후에 남는 기억은 결국 여행자가 의미를 부여하고 선택한 것이다. 알랭 드 보통은 "반 고흐가 사이프러스를 그리기 전에 프로방스에는 사이프러스가 거의 눈에 띄지 않았다고 말할 수도 있다"고 했다. 프로방스에서 사이프러스를 눈여겨보고 기억에 담는 일은 '프로방스의 사이프러스'를 선택하는 일이다. 인생이 여행과 같다면 인생 또한 선택의 문제다. 경험도, 기억도 차곡차곡 선택되어 자신만의 컬렉션이 된다.

화가의 일도 마찬가지일 것이다. 만약 호퍼가 보이는 걸 그대로 그려내는 데만 집중했더라면 우리는 그의 그림 앞에서 응축된 고독감이나 쓸쓸한 정서를 느낄 수 없을지도 모른다. 사람들은 예술가가 재현해둔 현실이 아니라, 예술가가 선택한 의미에 공감하고 열광한다. 알랭 드 보통은 찬사를 받는 화가들은 '현실의 귀중한 특징들'을 살린다고 했다.

혼자였던 날, 분명한 위로를 받았던 '여행의 기억'이 있다. 워즈워스의 표현을 빌리자면 "시간의 점"으로 남아 있는 순간이다. 늦여름 런던이었다. 혼자 찾아간 미술관에서 그림을 보고 밖으로 나왔는데 갑자기 비가 쏟아졌다. 내게는 우산이 없었다. 지하철역으로 걸어가던 중이었다. 빠른 걸음으로 걸었지만, 제법 굵은 빗줄기에 옷이 젖기 시작했다. 어쩔 수 없었고, 더 빨리 걸었다. 마침내 길가의 카페가 보였다. 반가워서 한달음에 들어갔다.

카페 안. 아직도 생생하게 들리는 것 같다.

"Can you feel that? I can smell the rain!(느껴져? 비 냄새가

난다고!)"

오랜 폭염 끝에 내리는 비에 한껏 들뜬 종업원이 동료에게 외치던 목소리. 카운터 위쪽에 붙어 있는 메뉴판을 보고 있던 나는 문득 주변을 둘러봤다. 모두 '혼자'인 사람들로 가득했다. 비를 피해 홀로 들어온 사람들이 언제라도 다시 떠날 채비를 하고 잠시 머무르고 있었다. 벽에 기대거나 창가에 서서, 누군가는 손에 따뜻한 커피 한 잔을 쥔 채…… 다 같이 우산이 없었다. 나는 혼자였고 우산이 없었지만, 모두가 혼자였고 모두가 우산이 없었던 그 공간에서 깊이 위로받았던 것 같다. 외롭거나 고독했던 감정이 녹아서 없어졌다. 아마도 호퍼가 그곳에 있었다면 익명의 우리들을 그림으로 그렸을 것이다. 모든 장식적 요소는 배제한 채, 비 오는 날 우산 없는 도시인들과 그들이 모여든 단순하고 간결한 공간만을 말이다. 알랭 드 보통의 표현대로 '집단적 외로움'이 찾아든 곳이었다. 그래서 우산 없이 홀로 비를 맞았어도 쓸쓸함이 가셨다. 분명 미술관에서 그림을 본 날이었는데, 기억 속 그날은 비를 피해 들어간 카페의 풍경만 또렷하다. 외롭고 고독한 날 만들어진, 나의 선택적 기억일 것이다.

때로는 세상 속에 있어도 홀로 떨어져 있는 것 같다. 인간이 고독한 존재라 그런가보다. 여행은 고독을 덜어보려거나 더욱 고독해지려는 시도다. 내가 영화 「바그다드 카페」를 좋아하고,

호퍼의 그림을 찾아보고, 비 내리던 런던의 카페를 기억하는 것도 고독하기 때문이다. 미루어 짐작건대, 돌아보면 인생은 결국 혼자 한 여행일 것이다.

연애시대의
오브제

『연애시대』, 노자와 히사시
신유희 옮김, 모모, 2021

새벽 두시. 이 시간에 도넛을 물고 글을 쓰고 있는 건 내게 꽤 큰 일탈이다(나는 아침형 인간이다). 점심을 먹으면서 와인 한 잔(실은 두 잔)을 곁들였고, 잠시만 눈을 붙이려고 했는데 낮잠을 네 시간이나 자버렸다. 괜히 양심에 찔려 이렇게 밤늦도록 노트북 앞이다. 그리고 하필이면 웨인 티보Wayne Thiebaud의 그림을 보고 있다. 그가 그린 도넛 그림은 언제나 군침을 돌게 한다. 집에는 낮에 사둔 도넛 '던킨'이 있었고, 유혹을 떨칠 수가 없었다. 도넛과 커피와 함께라면 밤새 쓰는 글이 술술 풀릴 것 같았다. 도넛 한 입. 초콜릿 코팅과 바바리안크림이 뒤섞이면서 달콤함이 넘쳐난다. 진한 에스프레소도 한 모금. 아, 환상적 조합이다. 지금 나는 정말 신나게 자판을 두드리고 있다. 에너지 폭발.

현대 미국 화가, 웨인 티보의 화집이 바로 옆에 펼쳐져 있다. 책 제목이 '달콤한 풍경'이다. 파스텔 색감의 캔디와 케이크, 먹음직스런 파이와 도넛들로 가득한 화집. 꿀 떨어지는 눈으로 넋 놓고 그림을 본다. 티보는 유년 시절을 돌아보며 이처럼 달달하고 포근한 이미지들을 기억해냈다고 한다. 나는 티보의 그림을 보면서 노자와 히사시의 소설 『연애시대』를 떠올렸다. 『연애시대』를 책으로 읽었거나 드라마로 봤다면, 남녀 주인공들이 줄기차게 드나들던 던킨도넛 가게가 생각날 것이다. 그때 혹시 자신도 모르게 도넛 가게로 들어가진 않았는지? 오랜만에 책을 꺼내 다시 읽는데, 한동안 잊고 있던 던킨을 그만 다시 찾고 말았다. 스토리의 힘이란 이처럼 신비롭다. 반응하고 행동하게 만든다. 소설 속 주인공은 '바나나 머핀'을 즐겨 먹었는데, 요즘에는 판매하지 않는 모양이다. 대신 새로 출시된 스마커스포도&피넛버터를 비롯해 보스톤크림, 소금우유도넛, 로얄우유도넛, 해피먼치킨컵 등 여러 개를 골라 담아왔다.

티보가 그린 「두 개의 도넛」을 보노라니 마치 두 주인공, 리이치로와 하루가 함께 있는 것 같다. 도넛으로 대변된 인간의 추상이라고나 할까. 실제로 티보의 화집에는 "티보의 디저트가 유난히 뇌리에 남는 이유는 이런 실질적인 이미지들이 근본적인 추상의 형태에 기반하고 있기 때문"이라는 평론이 실려 있

웨인 티보, 「두 개의 도넛」, 종이에 유채, 14x12.5cm, 연도미상

다. 그림 속 저 도넛들, 한 차례 설탕으로 코팅한 뒤 각각 초코와 딸기 시럽을 올려 만든 것 같다. 역시 한 입 베어 물면 엄청 달콤하고 촉촉하겠지? 웹서핑으로 티보의 그림들을 좀더 찾다 보니 알록달록 책탑을 그린 정물화도 발견했다. 소더비 경매에 나왔던 작품이다. 리이치로의 직장이 서점이고, 리이치로와 하루가 '책' 때문에 처음 만났으니까 이 그림도 어쩐지 소설을 연상시킨다.

1962년 뉴욕 현대미술관에 자신의 작품이 소장됐을 때, 티보는 "시대마다 그 시대만의 정물을 만들어낸다"라는 말을 남겼다. 티보는 시대를 반영하는 일상의 오브제를 그림으로써, 결국 그 시대를 살았던 사람들에 대해 이야기했다. 1920년 11월에 태어난 그는 2021년 크리스마스에 세상을 떠났다. 향년 101세. 한 세기를 살면서 끊임없이 한 일은 "매일 아침 잠에서 깨어나 그림을 그리는 것"이었다고 한다.

"잘 지내?"

"좋은 남자 찾았어?"

만나면 늘 그런 식의 인사를 했다. 센터거리 던킨도너츠 안쪽의 2인용 테이블 석에 앉아 바나나머핀을 앞에 놓고 서로 근황을 보고하는 관계. 물론 용건은 그녀가 부탁한 책이 들어왔으니 전달해 준다는 거였지만 무의식중에 서로가 만날 구실을 찾았다._28쪽 얼마 전 서점에 갔더니 신간 베스트셀러 코너에 『연애시대』가 다시 진열되어 있었다. 십수 년 전에 감우성, 손예진이 주연을 맡았던 동명의 드라마에 푹 빠져서 원작 소설까지 읽었는데, 세월이 지난 후 다시 마주한 책은 출판사가 바뀌어 한 권으로 묶여 나와 있었다. 작가 노자와 히사시는 1960년생이었는데 안타깝게도 지난 2004년, 마흔넷의 나이에 스스로 목숨을 끊었다.

TV 드라마나 영화로 이미 봤어도, 직접 원작을 읽어보는 기쁨은 또 따로 있다. 내 방식으로 소화한 문장 한 줄, 대사 하나가 진짜 내 것으로 남는다. 문자 텍스트의 묘미는 읽는 이에 따라 그 의미와 여운이 무한히 다양하게 재생산된다는 데 있다. 한 번 읽었던 책을 다시 읽을 때면 읽었던 당시의 기억이나 추억들도 새록새록 되살아난다.

『연애시대』의 스토리라인은 간단하다. 이혼한 남녀가 헤어지고도 습관처럼 서로의 주변을 맴돌다가 결국 다시 결혼한다. 두 사람이 서로에 대한 사랑을 다시 깨닫도록 돕는 주변 인물들이 있고, 그들과 얽히는 갖가지 사건들도 많다. 하지만 삶이란 원래 축약하고자 하면 한없이 간단해진다. 다만 그 간단한 삶을 사사롭고 다양한 일상의 오브제들이 메우고 있는 것이다. 이 소설은 그런 감칠맛 나는 일상의 디테일들로 가득하다. 헤어진 남녀는 여전히 서로가 서로의 생활 속에 들어가 있다.

하야세 리이치로와 에토 하루는 여덟 살 차이다. 리이치로가 서른넷, 하루가 스물여섯. 리이치로는 중형 서점 직원이고, 하루는 스포츠클럽 강사다. 두 사람은 결혼한 지 1년 3개월 만에 이혼했고, 그로부터 2년이 흘렀다. 둘이 처음 만난 장소는 리이치로가 일하는 서점이었다. 스포츠 전문 서적을 사러 온 하루는 리이치로에게 책을 찾아달라고 부탁했고, 그 책이 아주 높은 곳에 있는 바람에 그는 사다리를 놓고 올라가야 했다. 하루에게 첫눈에 반한 리이치로는 그 순간 '언제든 이 여자를 위해 높은 곳에 손이 닿는 남자이고 싶다'고 생각한다. 나는 이 대목이 좋아서 몇 번이나 읽었다. '이 여자를 위해 높은 곳에 손이 닿는 남자'라는 표현…… 멋지지 말입니다!

어쨌든 두 사람은 이혼을 하고서도 여전히 서로의 반경을 벗어나지 않는다. 연애 시절부터 함께 가던 도넛 가게에서 예사로 마주친다. 만나면 툭툭대며 핀잔을 주거나 자존심 싸움을 벌이기 일쑤다. 이혼했지만, 결혼기념일이면 호텔 디너 할인권이 날아온다. 이를 핑계로 기념일마다 둘이 함께 식사한다. 하루는 리이치로가 무를 싫어한다는 걸 알고 있고, 리이치로는 하루가 감기에 걸렸을 때 레몬 두 개로 뜨거운 레몬차를 만들어 마시면 낫는다는 걸 알고 있다. 둘 다 상대의 기호와 습관을 제 것만큼 잘 알고 있다.

두 사람이 이혼한 이유는 대충 말하면 '성격 차이'쯤 될 것이다. 하지만 좀더 성의껏 말하자면 서로의 상처를 몰랐거나 아는 척하지 않았기 때문이다. "항상 강한 남자와 강한 여자로 있고 싶었으니까. 서로가 정말 힘들거나 슬플 때 어떻게 다가가야 할지 몰랐다"는 하루의 말처럼, 두 사람은 각자 자존심을 지켰다. 부부는 멀어졌다. 제 자존심을 돌보며 상대를 위하고 있다고 착각하는 순간도 있었을 것이다. 하루가 아이를 사산한 날 리이치로는 하루 곁에 있어주지 않았고, 둘은 마음의 상처를 안고 결별했다. 리이치로가 숨진 아기의 작은 유해를 밤새도록 지키고 있었다는 걸 하루는 이혼하고도 몇 년이 흐르고서야 알게 된다. 그 사실을 전해준 친구는 "남자는 자신의 슬픔이 아무리 커도 여자에게 내색하기 쉽지 않다"라고 말한다. 가장 힘든 순간에 곁에 없었다는 사실에 절망했는데, 그래서 헤어질 수밖에 없었는데, 하루는 너무 늦게 이유를 알게 됐다.

> 백마 탄 왕자님을 마음속에 그리던 그 시절, 붉은 실의 전설에 대해서도 꿈을 꿨던가. 붉은 실이 진작부터 한 쌍의 남녀를 이어주고 있다잖아. 나는 어떤 남자와 붉은 실로 이어져 있으며, 언제쯤 그 상대를 끌어당길 수 있을까? 리이치로와 결혼했을 때는 이 사람의 새끼손가락에 나의 실이 연결되어 있었다고 믿었다._384쪽

헤어지고도 헤어지지 못한 건 보이지 않는 '붉은 실' 탓이었을까. 하지만 붉은 실로 연결된 사이에서도 안도감은 필요하다. 긴 줄 끝에서 각자의 걸음을 걷더라도 한쪽이 실을 잡아당기면 또다른 한쪽에서 돌아봐줘야 한다. 그게 연결되어 있다는 안도감이다. 소설 끝 무렵에서야 둘은 그걸 깨닫는다. 리이치로는 하루에게 다시 사랑을 고백한다. 아마도 모든 연인들이 듣고 싶어 할 말로.

> "하지만 이것만은 약속할 수 있을 것 같아. 나, 너에게 두 번 다시 등 돌리지 않아. 네가 울 때 옆에 있어줄게. 네가 원한다면 손을 뻗어서 머리를 쓰다듬어줄게. 손을 잡아주길 바란다면 두 손으로 감싸줄게. 혼자서 슬퍼하게 하지 않을 거야. 그 대신 네가 즐거울 때는 기쁨을 나눠줘……."_539쪽

『연애시대』를 다시 읽고 도넛을 사 먹었고, 철 지난 드라마를 다시 봤다. 옛날 책을 다시 읽고, 옛날 드라마를 다시 보는 건 추억 때문이다. 좋았으나 빛바랜 추억은 가끔 덧칠이 필요하다. 옆에서 같이 드라마를 보던 남편은 문득문득 주인공들의 대사를 앞서 읊는다. "내가 콘텐츠에 대한 기억력이 좋거든" 하고 으스대면서. 우리는 과거에도 이 드라마를 함께 보았다.

고통을 지나는 삶

『나, 황진이』, 김탁환
민음사, 2017

뒤돌아 지그시 바라보는 여인이 왠지 슬퍼 보인다. 뒤따르던 이가 부르는 소리에 고개를 돌린 걸까, 아니면 그저 지나온 길을 되돌아보는 것일까. 봄이 지나고 여름이 지나 가을로 접어들면 어느새 낙엽이 진다.

제임스 티소James Tissot가 그린 「10월」을 보면서 16세기 조선 최고 명기, 황진이를 떠올렸다. 최근에 읽은 소설 탓이다. 『나, 황진이』는 40대 이후의 황진이가 화자로 나온다. 작가 김탁환은 "40대 이후 세파를 겪고 나서 화담 서경덕 문하에 들어가고, '황진이 살롱'의 중심으로 활약하던 시기를 주목했다"고 밝혔다. 젊고 화려한 황진이가 아니라 죽음을 앞둔 노년의 황진이라. 사람이 늙었다는 건 지난 세월만큼의 고통을 지나왔다는 뜻일 것

제임스 티소, 「10월」, 캔버스에 유채, 216.5x108.7cm, 1877, 몬트리올미술관

이다.

소설을 바탕으로 만들어진 드라마가 있었다. 배우 하지원이 황진이로, 고故 김영애 배우가 스승 진백무를 연기했던 KBS드라마 「황진이」다. 찾아보니 2006년에 방영됐다. 그때 나는 20대 후반이었는데, 아직도 백무와 진이의 대화 한 토막을 기억한다. 둘이 쪽배를 타고 강을 건너던 장면이었다. 스승 백무가 묻고 진이가 답한다.

"진아, 너는 기녀에게 가장 중한 것이 무언줄 아느냐."

"술입니까?"

"아니다."

"허면 재예입니까?"

"글쎄다."

"그도 아니면, 사랑입니까?"

"국선생도, 재예도, 사랑도 기녀의 것이긴 하나 가장 중하다 할 수는 없다. 기녀의 가장 중한 벗은 말이다, 바로 고통이다."

황진이를 당대 최고의 예인으로 그린 드라마였으니, '기녀'를 '예술가'로 치환해도 괜찮을 것이다. 아니, 비단 예술가뿐일까. 누구의 인생에서도 빼놓을 수 없는 게 고통일지도 모르겠다고 생각하며 대사를 한참 곱씹었다. 고통을 딛고 일어서는 일과 삶을 끝까지 살아가는 힘에 대해서 생각했다. 시간이 흐른 만큼 그때보다는 조금 더 많이 알게 된 것 같다. 사람은 누구나 각자의 고통을 짊어지고 산다. 그리고 아파도 의연하게 받아들일 때 앞으로 나아갈 수 있다. 황진이는 고통을 벗 삼아 춤을 췄고, 거문고를 켰고, 시를 썼다. 책을 읽으며 자신을 돌봤다.

> 밤을 꼬박 새워 서책을 읽고 나면 밥으로도 메울 수 없던 허탈한 기운이 어느새 사라지곤 했으니까요. (……) 서책을 통하면 세상 만물 모두가 저마다의 의미를 지니고 있답니다. 비로소 우리의 삶이 학생일 수밖에 없는 이유를 희미하게나마 깨달은 겁니다. 배움이 조금씩 깊어 갈수록 이 배움을 함께 나눌 지음이 그리웠지요. 내 곁에는 아무도 없었습니다._88쪽

> 배고픔을 배고픔이라 하고 기쁨을 기쁨이라 하는 것은 쉽습니다. 심장에 큰 구멍이 뚫려 눈물이 흘러내리는데도 청아한 소리를 낼 수 있을 때 진정 음률이 무엇인가를 아는 것이겠지요. 청아한 소리 자체가 고통의 다른 모습이니까요._99쪽

다시 그림 속 여인에게로 돌아온다. 책을 팔에 낀 그녀는 티소의 실제 연인, 캐슬린 뉴턴이다. 티소는 캐슬린을 많이 그렸다. 두 사람은 1876년 영국 런던에서 처음 만났다. 당시 캐슬린

은 아이가 있는 이혼녀였다. 사람들이 비난했지만, 티소는 개의치 않고 캐슬린을 열렬히 사랑했다. 진짜 불행은 만난 지 6년 만에 캐슬린이 폐병으로 숨진 일이었다. 티소는 고통스러웠다. 그는 캐슬린이 죽고 20년 가까이 더 살았는데 끝까지 그녀를 잊지 못하고 그리워했다.

제임스 티소는 프랑스인으로 본명은 자크 조제프 티소다. 발레리나를 그린 화가 에드가르 드가와 친구이기도 했다. 프로이센-프랑스전쟁을 계기로 1871년 런던으로 옮겨갔는데, 영국을 너무도 사랑한 나머지 자신의 이름조차 영국식으로 바꿨던 것이다. 그런 그는 캐슬린이 죽자, 그토록 좋아했던 곳을 등지고 다시 파리로 돌아갔다.

「10월」은 티소가 캐슬린을 만난 다음해 그린 그림이다. 캐슬린은 티소를 보기 위해 뒤돌았을 것이다. 그가 그녀를 따라 걷고 있었을 테니까. 캐슬린이 왠지 슬퍼 보이는 건 짧은 사랑을 예감해서였나보다. 그녀가 끼고 있는 책은 꽤 오래된 것 같다. 모서리 부분이 낡고 해졌다. 혹시 고통을 이기려고 읽던 책이었을까.

봄을 품은 겨울보다, 겨울을 앞둔 가을의 정조情調가 더 서글프다. 울긋불긋 단풍이 아무리 화려해도 곧 다 떨어질 것이기에 아름답기보다 덧없다. 그림 속 여인이 이미 지나온 길을 다시 걷진 않을 것 같다. 고통을 밟고 지나온 삶 아니었겠는가.

고통을 벗 삼는 인생은 편도 길이다. 다시 반복하지 않는 길, 그래서 모든 것은 지나간다. 지금도 모든 영광과 고통이 지나가고 있다.

"돌이킬 수 없는 일들, 돌아갈 수 없는 곳들이 점점 늘어나는 것이 인생일까요."_39쪽

우리는 좋아하는 것에 돈을 쓴다

『월급쟁이, 컬렉터 되다』, 미야쓰 다이스케
지종익 옮김, 아트북스, 2016

우리 집 거실 한쪽 벽면을 가득 채우고 있는 책들을 하염없이 바라보곤 한다. 책도 참 많다…… 언제 다 사 모았을까. 문득 책값을 다 더해보면 얼마쯤 될까 싶었다. 모두 몇 권인지 정확히 세어보지 않았지만, 어림잡아도 4000권이 넘으니, 한 권에 1만5000원 정도로 따져보면 모두 6000만원이 넘는다. 각종 아트북이나 두꺼운 하드커버 책들은 값이 좀더 나가는 편이니까, 와…… 책 사는 데 돈 엄청 많이 썼다. 남편과 내가 각자 결혼 전부터 갖고 있던 책들도 포함되어 있긴 하지만, 15년째 둘이 함께 살면서 모은 게 대부분이니 우리의 공동재산이다. 책은 계속 더 쌓이고 있다. 읽는 걸 차치하고서라도, 책 사는 데 쓰는 돈을 아까워하지 않는다는 증거다.

나이를 먹어가며 비교적 확실해진 생각 하나는 '사람은 좋아하는 것에 돈을 쓴다'는 사실이다. 물론 다른 사람의 씀씀이와 비교할 일은 전혀 아니다. 자기 기준에서 가진 돈을 어디에 얼마만큼 분배하느냐의 문제다. 돈을 쓰는 대상이 사람이어도 그렇다. 덜 좋아하는 사람보다 좋아하는 사람에게 돈을 더 많이 쓰고 싶어진다. 하나라도 더 사주고 싶어지거나, (돈이 들더라도) 함께 더 많은 걸 하고 싶어진다(연애할 때 기억을 떠올려보라!). 좋아하는 것에 들이는 금전적, 시간적 비용은 좀처럼 아깝지 않은 법이다. 그런 의미에서 내가 일관되게 책을 좋아한다는 건 부인할 수 없다. 책값으로 쓰는 돈은 결코 아깝지 않다. 특히 요즘은 당일 배송하는 온라인 서점에 거의 매일 돈을 내고 있다. 이른 새벽부터 신간을 살펴보고 주문하는 재미가 쏠쏠하다(매일 책을 배달해주는 택배 기사님께 괜히 미안해질 때도 있다). 한 가지 안타까운 점이라면, 사들인 책들을 미처 다 못 읽어서 약간의 죄책감을 안고 산다는 것이랄까.

그래도 책은 대부분 '어포더블affordable, 감당할 수 있는한 사치'라서 마음이 편하다. 한 권에 평균 1~2만원 안팎으로 좋아하는 걸 누릴 수 있다. 물론 책을 사는 데 큰 부담을 느끼지 않아도 될 정도의 여유가 있다는 건 행운이다. '좋아하는 것에 돈을 쓴다'는 소신을 실천할 수 있으니 말이다. 같은 맥락에서 취향이나 취미를 유지하는 데 돈이 많이 든다면 좀 부담스러워진다. 한 예로 그림 컬렉팅을 좋아하는 사람이 작품 한 점을 사려면 못해도 수십 만원, 수백 만원이 필요하다. 그림을 좋아하지만, 원화 구입까지 관심을 갖게 된 건 최근이어서 이제야 '좋아하는 것'과 '돈'의 상관관계를 다시 생각해본다. 그림을 사기 위해 절약하거나 저축할 마음까진 생기지 않는다면? 그럼 좋아한다고 할 수 없는 걸까? 그런 상념에 빠져 있던 중에 미야쓰 다이스케가 쓴 『월급쟁이, 컬렉터 되다』라는 책을 읽게 됐다. 매달 빤한 월급으로 살아가는 평범한 일본인 직장인이 10여 년간 그림 사는 데 돈을 쓰며 수백 점에 달하는 컬렉션을 이룬 경험담이다.

다이스케는 1990년대 중반부터 미술품 컬렉팅을 시작했다. 그리고 약 15년 만에 소장한 작품이 300여 점에 이르렀다. 2010년 기준으로 그랬으니 아마 지금은 훨씬 더 늘었을 것 같다. 하지만 그림을 좋아하는 마음과는 별개로, 월급쟁이 컬렉터였기 때문에 늘 작품값을 먼저 생각해야 했다. 그림을 파는 갤러리스트들 사이에서 '1000달러 미만의 사나이'라고 불렸던 이유다. 금전 사정에 따라 100만원 안팎 정도의 그림만 사 모으다 보니 그런 별명이 붙은 것이다. 그런 그가 구사마 야요이가 그린 「무한그물」을 구입한 건 일종의 일탈이었다. 1996년 당시 해당 그림 가격은 500만엔, 우리 돈으로 5000만원이 훌쩍 넘었다. 자신의 연봉보다 높은 금액이었다. 다이스케는 정기예금을 해약하고, 주식을 처분하고, 가능한 모든 돈을 모았다. 그렇게 얼마를 선불금으로, 나머지를 분할납부하기로 약속하고 꿈에 그리던 그림을 손에 넣는다.

> 그 시절은 구사마에 대한 평가가 제대로 이루어지기 전이라 일본의 미술계조차 그녀를 아웃사이더로 취급했다. 나는 「무한그물」을 본 뒤로 주말에는 물론 평일에도 회사가 끝나면 곧장 갤러리로 달려가 그림을 한번 본 뒤에야 집으로 돌아갔다. '현금 500만엔을 준비할 수 있을까?' 이런 현실적인 문제만 있는 게 아니었다. '연수입을 초과하는 가격의 작품을 내가 정말 사도 되는 걸까?' 하는 죄책감도 작품 구입을 가로막았다._80쪽

사람은 좋아하는 것을 위해 기꺼이 대가를 치른다더니 정말인가보다. 저자는 일이 끝나면 갤러리로 가 그림을 본 뒤에야 귀가했고, 그림값으로 가진 돈을 모두 털었던 유일한 이유는 '좋았기 때문'이다. 정말 좋아하면 확신하게 되고 확신이 서면 행동으로 이어진다. 다이스케는 자신의 컬렉션을 위해 교외로 이사해 집을 지었다. 대신 타고 다니던 자가용도 팔았다. 휴일마다 갤러리와 미술관을 찾아다닌 건 물론이고 세계 각국의 동시대 예술가들과 끊임없이 교류하는 노력까지 마다하지 않는다고 한다.

물론 좋아하는 방식에는 여러 길이 있을 것이다. 시인 신경림이 "가난하다고 해서 사랑을 모르겠는가"라고 읊었듯 금전적

여유가 없다고 좋아하는 게 없을 수 없다. 나는 다만 우리가 좋아하는 대상에 가진 것을 쏟는다고 믿는다. 더 좋아하는 걸 선택하기 위해 덜 좋아하는 걸 포기할 것이다. 우선순위를 따져 미뤄두거나 망설이고 있는 게 있다면 어쩌면 진정으로 좋아하는 건 아닐 수 있겠다고 생각해본다.

> 일 때문에 짜증이 나거나 참을 수 없을 만큼 스트레스가 쌓였을 때 나를 구원해주는 건 한 점의 아름다운 그림과 사진이다. 아트페어에서 열심히 일하는 젊은 갤러리스트들의 모습을 보며 스스로 반성을 하기도 한다. 나의 일상과 아트는 그렇게 서로를 채워주고 지탱해주는, 떼려야 뗄 수 없는 관계인 것이다._149쪽

나는 책과 그림을 모두 좋아하지만, 만약 '책 없는 삶'과 '그림 없는 삶' 중 하나를 고르라면 그림을 포기할 수밖에 없다. 요즘 유행하는 '밸런스 게임'용 질문으로 떠올려본 것이다. 두 가지 난처한 상황 중에서 굳이 하나를 고르라는 주문. 물론 실제로는 이렇게 둘 중 하나만을 선택해야 할 일이야 없겠지만, 가상 선택을 해보는 것으로 자신을 보다 명확하게 알게 되는 것 아니겠나. 더구나 하나를 선택하지 않고 둘 다 누릴 수 있다는 사실에 만족감을 느끼게 되는 덤까지 챙겨본다. 정리하자면, 나는 책에는 언제나 시간과 돈을 아낌없이 투자하지만, 그림에는

블라디미르 마코프스키, 「그림 애호가」, 캔버스에 유채, 39x49cm, 1907, 키로프 뱌카미술관

아직 큰돈을 쓰기가 망설여진다. 직접 구입한 원화와 복제화 몇 점 정도는 갖고 있지만, 아직은 책을 사는 습관만큼 그림을 사는 일이 나의 일부가 되진 못했다.

밤이면 침대 옆 스탠드 불빛 아래서 책을 읽는다. 스탠드 불을 끄고 나면 휴대폰에 깔려 있는 위키아트앱을 켜고 그림을 구경한다. 잠들기 직전 불과 20~30분 안에 이뤄지는 '작지만 확실한 행복'이다.

어젯밤 잠들기 전에 본 그림은 러시아 풍속화가 블라디미르 마코프스키Vladimir Makovsky가 1907년에 그린 그림이었다. 제목은 「그림 애호가」. 마코프스키가 그린 한 컬렉터의 초상화다. 남자가 두 손에 책처럼 들고 있는 건 그림이다. 그림을 바라보는 옆모습만으로도 그가 그림에 얼마나 빠져 있는지 느껴진다. 좋아하는 걸 바라보는 시선이다. 진중하고, 애정이 담겼다. 좋아하는 걸 바라볼 때는 그림 속 남자처럼 눈빛이 그윽해진다. 제법 돈이 많아 보이는 노신사, 어쩌면 내일 아침에 갤러리를 찾아가 그림값을 지불할지도 모르겠다. 자신이 가진 돈을 그림을 사는 데 쓸 것 같다. 평생 모은 그림을 저승까지 싸 들고 갈 순 없겠지만, 살면서 그윽하게 바라볼 무언가가 있다는 건 참으로 충만한 기쁨일 것이다.

자신을 믿는 일이
자신을 아는 일은 아니다

『레트 버틀러의 사람들』, 도널드 매케이그
박아람 옮김, 레드박스, 2008

스칼렛 오하라는 독서와 어울리는 여자는 아니다. 마거릿 미첼이 쓴 소설과 빅터 플레밍이 감독한 영화를 보고 또 봤지만 『바람과 함께 사라지다』의 스칼렛이 책을 읽던 대목은 기억나지 않는다. 멜라니는 책을 읽어도 스칼렛은 책을 읽는 여자가 아니었다. 스칼렛은 다른 사람의 생각과 지식이 담긴 책에 의지하기보다는 자신의 머리와 가슴으로 행동하는 사람이었다. 랄프 왈도 에머슨이 자신의 책 『자기신뢰』에서 "책과 전통을 무시하고, 남들이 생각하는 것이 아니라 자신이 생각한 것에 대해 이야기할 것"을 독려하긴 했다. 그런 차원에서라면 스칼렛은 뛰어났다.

책을 읽지 않는 그녀에게 내가 이토록 오랫동안 사로잡혀 있다는 건 아이러니다. 나는 책의 가치를 알고 독서 습관을 갖춘 사람을 높이 평가하기 때문이다. 물론 스칼렛을 연기했던 비비언 리는 애서가였다. 나는 그녀가 독서로 함양된 지성 덕분에 더욱 훌륭하게 스칼렛을 연기했다고 믿는다. '예쁘지는 않지만 매력적이었던' 스칼렛을 아름다운 비비언 리가 표현해내려면 당연히 미모보다 매력을 부각하는 연기를 선보여야 했다. 인물의 매력을 잘 전달하기 위해서는 캐릭터에 대한 이해도가 높아야 했을 테고, 최대한 이해하기 위해서 지성을 동원했을 것이다. 비비언 리는 성공했다. 솔직히 그녀가 연기한 스칼렛의 매력 덕분에 소설 속 스칼렛도 더 크게 사랑받지 않았나.

그러고 보니 스칼렛이 책과 함께 나오는 대목이 한 군데 있긴 하다. 소설에서든 영화에서든 내가 좋아하는 장면이다. 스칼렛은 서재에서 처음으로 애슐리에게 사랑을 고백하는데, 그녀는 하필이면 그를 만나는 장소가 '우중충한 책으로 가득찬 방'이라는 점을 못마땅해했다. 스칼렛은 책은 물론, 독서가들을 좋아하지 않았다. 애슐리만 빼고는.

도널드 매케이그가 쓴 『레트 버틀러의 사람들』은 『바람과 함께 사라지다』를 좋아하는 내가 집어든 '속편'이다. "내일은 또 새로운 날이 시작된다"는 스칼렛의 마지막 대사가 남긴 짙은 여운. '레트를 되찾는 방법을 내일 생각하자'고 다짐한 스칼렛이 정말 레트를 되찾을 것인가 생각해보곤 했었다. 소설이 끝나지 않길 바랐는데, 또 누군가가 상상을 이어가 더 긴 이야기를 써냈다. 스칼렛을 뜨겁게 사랑했던 남자, 레트 버틀러에 분명 더 많은 감정을 이입했을 남성 작가는 스칼렛을 어떻게 해석해뒀을까. 그는 그녀를 얼마나 이해했을까. 원작을 읽고 10년쯤 지난 2008년에 속편을 읽은 것 같다.

> 레트의 시선이 초록색 드레스를 입은 젊은 여인에게로 향했다. 순간 가슴이 뛰기 시작했다. '이런 세상에.' 사실 대단한 미인은 아니었다. 턱은 뾰족하고 입은 지나치다 싶을 정도로 굳게 다물고 있었다. (……) 레트가 지켜보는 가운데 그녀는 친밀하면서도 태연하게 어느 젊은 남자의 팔을 살짝 건드렸다. 여자는 레트의 시선을 느끼고 눈을 들었다. 아주 짧은 순간, 그녀의 당황한 초록색 눈이 레트의 검은 눈과 마주쳤다. (……) '나랑 똑같은 여자야.'_136쪽

스칼렛의 모습을 생각하면 나도 모르게 비비언 리가 떠오르는 게 사실이지만, 로버트 루이스 리드Robert Lewis Reid가 그린 그림을 보면서도 스칼렛을 생각했다. 그림 제목은 「책 읽는 두 여인」이다. 둘 중 오른쪽 여인이 스칼렛을 연상시킨다. 그림 밖을 빤히 응시하는 눈빛이 도발적이다. 푸른색 눈이지만 스칼렛의 초록색 눈만큼 인상적이다. 레트가 좋아했던 '초록색으로 반짝이는' 눈이 저런 느낌을 줬을 것 같다. 갸름한 턱선과 꽉 다문 입도 스칼렛을 닮았다.

로버트 루이스 리드, 「책 읽는 두 여인」, 캔버스에 유채, 83.8x76.2cm, 19세기, 개인 소장

레트는 스칼렛의 눈을 보고 그녀가 자신과 같은 부류의 사람임을 알았다. 스칼렛은 사랑을 고백하는 순간 "멜라니와 결혼하게 되어 있다"고 말하는 애슐리의 눈을 보면서 자신이 단념해야 한다는 걸 직감했다. 세월이 흐른 뒤 스칼렛과 애슐리는 마침내 서로의 눈에서 불꽃을 확인한다. 그렇게 눈은 말없이도 많은 말을 한다. 스칼렛의 눈은 '빛나는 초록색'이고, 애슐리의 눈은 '맑은 회색'이며, 멜라니의 눈은 '조용하고 꿈꾸는 듯한 갈색'이고, 레트의 눈은 '스칼렛을 향한 커다란 사랑으로 빛나는 검은색'이다.

스칼렛은 그렇지 않았지만, 멜라니는 책을 읽었다. 연인 말고도 책과 음악까지 사랑하는 애슐리를 이해할 수 있는 여자였다. 애슐리는 그런 멜라니가 자신과 닮았다고 여겼다. 그래서 서로 이해하며 행복하게 살 수 있으리라고 믿었다. 리드의 그림 안에서 왼쪽 여인은 책을 읽고 있다. 고개를 숙인 채 책에 몰입해 있다. 스칼렛 옆에 있는 멜라니다. '지금 나한테 무슨 일이 일어나고 있는가' 하고 주변에 온통 관심을 쏟고 있는 스칼렛과 달리 그녀는 누군가가 써둔 이야기에 공감하고 있다. 멜라니는 매음굴을 운영하는 벨 워틀링에게 숙녀가 되기 위해서는 책을 읽으라고 조언한다. 벨은 레트를 사랑하고 있었기에 숙녀가 되고 싶었다. 독서를 통해 교양과 품위를 갖춘 진정한 숙녀로 거듭난다는 생각에는 나 역시 백만번 동의한다. 하지만 숙녀와 숙녀가 읽는 책의 효용이 이런 거라고 말하는 멜라니를 이해하고 싶진 않다.

"책을 읽는 것도 좋아요. 숙녀들은 시시한 걸 좋아하니까 소설도 좋고, 또 감상적이어야 한다는 점에서는 시도 좋겠죠. 성경도 괜찮아요. 숙녀들은 신앙심이 깊거든요. 수필을 읽으려면 에머슨 선생의 수필이 제일 좋을 거예요. 벨이 좋아하는 신사도 그분의 작품을 얘기하면 고개를 끄덕일걸요. (……) 소설 속 여주인공들을 따라해봐요. 그게 숙녀들의 말투니까."_416쪽

지혜로운 여인의 표상이라는 멜라니는 지금 무슨 말을 하고 있나. 매케이그의 소설 속에서 멜라니는 "신사들은 숙녀들을 일종의 장식품으로 여기는 걸 좋아한다"거나 "'버릇없는 장식품'이 되지 않으려면 자기 남자가 될 신사의 말에 반대 의견을 내서는 안 된다"는 조언도 서슴지 않는다. 결국 멜라니는 '시대가 요구하는 여자', 스칼렛은 '시대에 저항하는 여자'였던 것일까. 오직 자기감정과 생각을 고집스럽게 믿고 따랐던 스칼렛은 결코 멜라니처럼 생각하거나 행동하지 않는다. 둘 중 선택해야 한다면, 멜라니보다는 스칼렛이 되고 싶지 않은가.

문제는 스칼렛은 자신을 믿었으나, 자신을 제대로 알지는 못했다는 사실이다. 그래서 먼 길을 돌아갔다. 제 마음을 살피고 반성하지 못했던 죄다. 사실은 자신과 닮은 레트를 사랑하고 있다는 것, 이해하지 못하는 애슐리와는 함께 행복할 수 없다는 것, 혼자 힘으로 대농장 '타라'를 지켜낼 수 있다는 것, 땅이 가

장 소중하다는 것 등 자신에게 중요한 사실들을 놓친 채 오랜 세월 방황했다.

스칼렛은 환상을 사랑했다. 가질 수 없는 걸 갖고자 하는 헛된 욕망을 사랑했다. 환상과 헛된 욕망은 지성 없는 믿음에서 비롯된다. 그릇된 믿음에 사로잡히면 중요한 것을 늦게 깨닫는다. 자신을 믿는 일이 자신을 아는 일은 아니었다. 자신을 믿기 전에 스스로에 대한 오해와 편견은 없는지 돌아봐야 했는데. 나는 혹시 오해와 편견에 갇힌 채 나를 믿고 있는 건 아닌지, 문득 두려워진다.

> 그(레트)는 그녀(스칼렛)의 얼굴을 힐끗 보았다. 그녀는 타라를 미칠 듯이 그리워하고 있다. 스칼렛 오하라는 진심으로 그리워하고 있다. 그녀와 그는 같은 부류였다. 하지만 스칼렛은 그것을 모른다. 앞으로도 영원히 모를 것이다._305쪽

속편의 끝에서 스칼렛은 레트를 되찾는다. 아직 보지 못한 세상이 너무 많다는 걸 깨닫는다. 스칼렛은 레트와 함께 또다른 여행을 떠날 생각에 마음이 부풀어오른다. 속편까지 읽고 나면, 레트가 좋아했던 스칼렛의 빛나는 연녹색 눈을 더욱 탐내게 된다.

당신은 누구의 가슴속에 머물고 있는가

『냉정과 열정 사이』 Rosso & Blu, 에쿠니 가오리 · 츠지 히토나리
김난주 · 양억관 옮김, 태일소담출판사, 2015

9월 중순이 지났다. 곧 10월이다. 마침내 가을, 다시 새 계절이 찾아왔다. 나는 계절이 바뀌는 시기를 좋아한다. 바람에 새 향취가 실리는 시간…… 계절의 변화는 늘 바람을 통해 가장 먼저 느낀다.

새벽 네시가 조금 넘은 시각에 눈을 떴다. 이른 새벽에 일어나면 창을 열고, 아직은 깜깜한 바깥 공기를 들이마셔본다. 가을 냄새가 난다. 오늘은 비가 내리고 있다. 빗방울이 지붕 위로, 나뭇잎과 가지 위로, 땅바닥으로 떨어진다. 어느새 쏴아쏴아 빗소리가 커진다. 여느 때처럼 진한 커피를 내리고 모처럼 연애소설을 펼쳤다.

『냉정과 열정 사이』는 20대 때 처음 읽었다. 어쩐지 자주 설레고 뭘 해도 풋풋한 그 시절에 읽기 좋은 달달한 소설이다. 하

지만 시간이 흘러도 문득 생각나고, 때때로 다시 읽고 싶어지는 책이기도 하다. 에쿠니 가오리가 쓴 '로쏘' 편과 츠지 히토나리가 쓴 '블루' 편이 한 세트다. 두 권을 다 읽으면, 한 시절을 함께한 두 사람의 마음을 모두 알게 된다. 이야기는 하나인데, 두 사람이 이야기한다. 같은 일을 대하는 시선과 마음이 결코 같지 않다는 사실이 분명하게 다가온다. 같은 시간, 같은 공간에서도 우리는 각자의 세계 속에 사는 것이다. 나는 같은 여자인 아오이 편에 서게 된다. 그리고 남자, 쥰세이의 머릿속과 속마음을 훔쳐보는 심정이다. 종종 부엌에서 책을 읽는 아오이. 그녀는 어린 시절부터 마리아 주앙 피르스가 연주하는 슈베르트 「환상곡 D940번」을 좋아했다. 부엌 식탁에 앉아서 슈베르트 「환상곡 D940번」을 따라 들어본다.

> 냉철함으로 가슴을 웅성거리게 하는 환상곡, 깊은 광기를 은닉한 선율이 밤의 부엌과 나를 채운다. 커스터드색 달이 떠 있다._로쏘, 52~53쪽

'커스터드색 달'이라는 표현이 무척 마음에 든다. 금빛 달, 상아색 달, 크림색 달 등 이런저런 비슷한 표현들을 더 떠올려봐도 커스터드색으로 달을 묘사한 작가의 감수성을 따라잡긴 힘들다. 달의 색깔을 먹는 것에 빗댔음에도 사치스럽고 쓸쓸한 감

정이 전해진다. 하지만 이런 느낌을 좋아하는 편이다. 화려하지만 쓸쓸한 느낌을, 이유는 모르겠지만.

아오이는 목욕을 좋아하고 독서를 즐기는 여자다. 그리고 이탈리아 술 아마레토를 마신다. 아마레토는 아몬드 향이 나는 달콤한 리큐어다. 이탈리아 밀라노에 살고 있고, 마음속에는 여전히 8년 전에 헤어진 사랑, 쥰세이가 있다. 목욕과 독서와 아마레토와 쥰세이. 단지 네 단어만으로도 충분히 설명될 만큼 단조롭고도 명확한 사람이 아오이다.

> 평소 차갑게 보이는 아오이가 목을 길게 빼고 나를 기다려주는 것이 너무 기뻤다. 야아! 하고 내가 나무 뒤에서 얼굴을 내밀면, 나도 금방 왔어, 하고 아무렇지도 않은 표정으로 앞서 발걸음을 옮기는 것이었다. 그녀는 그런 사람이었다. 냉정 속에 열정을 숨기고 걸어가는 듯한……_블루, 125쪽

츠지 히토나리가 유화 복원사로 그린 쥰세이. 그의 눈으로 본 아오이는 감정을 드러내지 않는 사람이다. "어떤 순간에도, 무슨 일이 있어도 누구보다 냉정했던" 사람. 10년 전 약속과 지난 사랑에 묶여 있는 쥰세이는 자신의 열정보다 아오이의 냉정이 옳다고 여긴다. 열정으로 냉정을 동경한다. 옳은 것을 동경하고 사랑해온 남자다.

> 미국인 애인이 있고, 그녀를 기다려주는 거리가 있고, 직장이 있고, 육친과도 같은 페데리카가 있고, 상냥한 친구들이 있다. 그것들로부터 아오이를 빼앗아올 자신이 없었다. 그런 열정은 올바르지 못하다._블루, 235쪽

독일 화가 헤르만 페너베머Hermann Fenner-Behmer가 그린 나신의 여인. 침대 위에 엎드려 책을 읽고 있는 그녀는 '책벌레'다. 책벌레. 그림을 좋아하는 쥰세이는 책을 좋아하는 아오이를 그렇게 불렀다. 아오이는 줄곧 책을 읽는다. 독서하거나 목욕한다. 욕조 안에서도 책을 읽는다. 쥰세이가 아오이를 그린다면 저런 그림일 것도 같다. 막 목욕을 마친 아오이가 욕조 안에서 미처 다 읽지 못한 책을 저렇게 읽는다면.

그림의 구도는 냉정한데 분위기에서는 열정이 느껴진다. 책을 읽으며 뜨거운 마음을 조율하고 있다. 차갑게, 차갑게, 평정을 되찾아야 한다고 되뇌면서. 그녀의 가슴속엔 차마 꺼내놓기 벅찬 열정이 살고 있을 것 같다. 옷을 차려입고 밖으로 나가지만, 진짜는 벗은 몸이다. 곧 책을 덮고, 옷을 입고, 벗어둔 구두를 신고 방을 나설 것이다. 냉정으로 열정을 보호해야 한다. '눈사태 같은 그리움'을 뒤로한 채…….

"쥰세이."

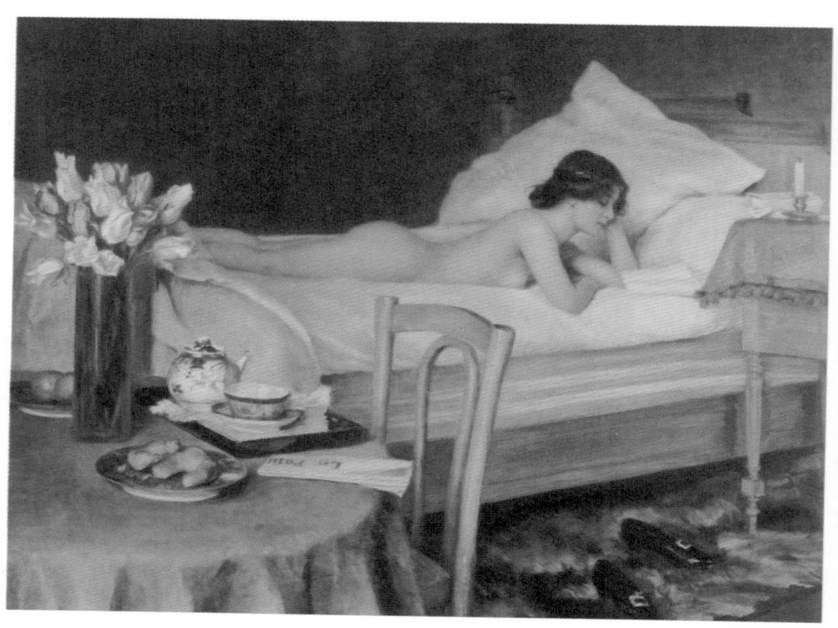

헤르만 페너베머, 「책벌레」, 캔버스에 유채, 1906

조그만 소리로 중얼거리자, 그 이름은 어두운 부엌에 엄청난 위화감을 가져다주었다. 엄청난 위화감과, 눈사태 같은 그리움을._로쏘, 165~166쪽

소설은 약속에 대해 이야기한다. 너는 잊었겠지 싶은 그 시절의 약속. "10년 후에 피렌체의 두오모에서 만나자"는 약속 같은 건 사랑이 끝나면 끝나는 대로, 계속되면 계속되는 대로 녹아 없어져버릴 만한 것이다. 아오이도, 쥰세이도 그때 그곳에서 정말 서로를 볼 수 있을 거라 생각지 않았다.

아오이를 무작정 따라 해보던 옛날이 기억난다. 결혼 첫해였던 것 같다. 남편과 나는 통유리창 밖으로 바다가 보이는 강원도 펜션에 있었다. 빔프로젝터 스크린으로 「냉정과 열정사이」 영화를 함께 봤다. 나는 이미 본 영화였지만 일부러 또 보았다. 그때는 남편이 나와 같은 생각을 하게 하자는 의지와 소망이 있었다. 영화를 보면 알게 된다. 아오이와 쥰세이가 피렌체 두오모 위에서 만나자는 약속을 10년이 흘러도 지킨다는 걸. 둘은 약속한 날 그곳에서 다시 만난다. 영화 속 피렌체는 정말 아름답다고!

"오빠, 우리도 10년 뒤에 피렌체 두오모에 가자."

영화처럼 아련하고 애틋할 일은 없었지만, 그래도 웬만한 감수성을 보태 여기까진 좋았는데…… 곧장 분위기가 깨졌다. 그로부터 10년이 훌쩍 넘도록 내가 잊지 못하고 있는 남편의 대답은.

"너 그날 회사 안 가냐?"

지금 와서 돌아보니, 결혼 10년째 되던 어느 날 나와 남편은 정말로 각자 회사로 출근했던 것 같다. 그리고 우리는 여전히 피렌체 두오모에 가지 못한 채 인생을 함께하고 있다.

> "약속해줄래?"
> 그때 나는, 평소에 없는 용기를 그러모아 말했다. 나로서는 태어나서 처음 하는 사랑의 고백이었으므로. 피렌체의 두오모에는 꼭 이 사람과 같이 오르고 싶다. 그렇게 생각했던 것이다. 준세이는, 너무도 준세이답게 주저 없이 약속해주었다.
> "좋아. 십 년 후, 5월이란 말이지. 그때는 21세기네."_로쏘, 142쪽

아오이와 준세이는 주저 없이 약속했지만, 서로가 약속을 지킬 거라고 확신하진 않았다. 약속은 그저 각자의 마음속에 남아 있었다. 약속이 꼭 지켜져야 의미를 갖는 건 아니다. 약속하는

순간의 믿음, 사는 동안 잊히지 않는 말, 떠올릴 때 느끼는 아련함 따위가 약속을 약속답게 만드는지도 모른다. 아오이와 쥰세이는 약속대로 만났지만 만나지 못했어도 그 나름의 의미가 있었으리라. 잊지 않고 서로를 오랫동안 기억했으니까. 혹시 아는가. 당신도 누군가의 가슴속에 '오래된 약속'으로 머물고 있을지.

> "사람의 있을 곳이란, 누군가의 가슴속밖에 없는 것이란다."
>
> ……
>
> 누군가의 가슴속.
>
> 비 냄새 나는 싸늘한 공기를 들이켜며, 나는 생각한다. 나는 누구의 가슴속에 있는 것일까. 그리고 내 가슴속에는 누가 있는 것일까. 누가, 있는 것일까.
>
> 쥰세이가 보고 싶다, 고 생각했다. 쥰세이를 만나 얘기하고 싶다. 다만 그뿐이었다._로쏘, 197쪽

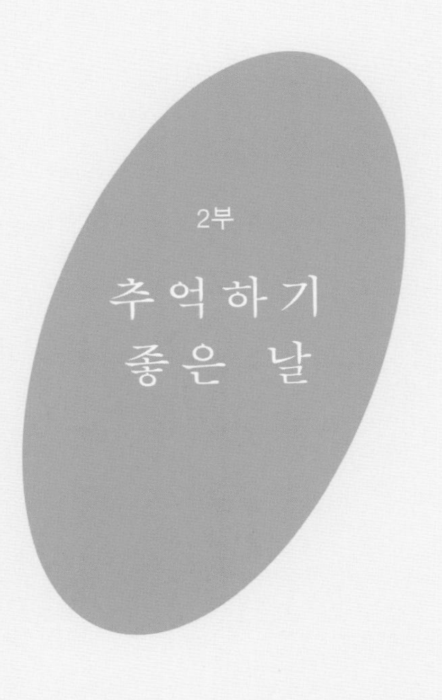

2부

추억하기 좋은 날

정글에서 살아남기

『정글북』, 조지프 러디어드 키플링
손향숙 옮김, 문학동네, 2010

최소 생필품만 찾아요
간단한 생필품들
걱정과 문제들은 모두 잊어요

Look for the bare necessities
The simple bare necessities
Forget about your worries and your strife

온갖 생각들로 머리가 복잡하고 사는 게 피곤하게 느껴질 때 종종 이 노래를 무한 반복해 듣는다. 제목은 「최소 생필품The Bare Necessities」. 디즈니 영화 「정글북」의 o.s.t 중 하나다. 갈색 곰 '발루'와 늑대소년 '모글리'가 수풀 우거진 정글에서 유유히 강물을 타고 가며 즐거이 부르는 노래. 사는 데 필요한 게 뭐 그리 많은가, 그저 근심 걱정 내려놓고 최소 생필품만으로 가볍게 살자, 자연이 주는 것들이 얼마나 많은가, 돌아보면 세상이 다 우리 집이다…… 간단히 말해 이런 내용의 노래다. 가사와 리듬을 따라가다보면 '그래, 그렇지' 하는 생각이 든다. 잠시나마 모든 욕심이 사라지는 것 같다. 다만 발루와 모글리가 진정 정글 세계의 풍요를 만끽하며 노래를 불렀다면, 나는 마치 정글 같은 인간 세계에서 힘든 날의 위로 곡쯤으로 이 노래를 찾아 듣는다는 차이가 있다.

'정글'의 사전적 의미는 '큰 나무들이 빽빽하게 들어선 깊은 숲'이다. 시골도, 도시도 아닌 깊은 숲, 정글. 정글에서 살 일도, 여행상품이 아니고서야 정글에 들어가볼 일도 사실상 없을 텐데 아주 어릴 때부터 정글이라는 말에 익숙했던 건 모두 『정글북』이라는 동화 때문이었다. 늑대가 키운 아이가 정글 속에서 여러 동물들과 함께 살아가는 이야기를 읽으면서 '늑대가 키운 아이는 늑대일까, 인간일까'라는 철학적 의문에 빠져들었던 시절이 있었다. 생각해보면 엄두도 나지 않는 인생이다. 그럼에도 많은 아이들이 정글에 던져진 늑대소년의 삶을 접하면서 정글이라는 단어를 아주 자연스럽게 배우고 있다. 자라면서 어느새 우리가 사는 세상을 정글에 비유하면서 말이다. '정글 같은 세상' '정글에서 살아남기'와 같은 말에 너나 할 것 없이 익숙해진다. 환경에 잘 적응해야만 살아남는다는 '적자생존適者生存'의 법칙들을 생의 숙명처럼 따르며 산다. 삶은 수많은 '정글의 법칙'들을 알아가는 과정이다.

어린 시절 읽었던 『정글북』의 원작자는 인도에서 태어난 영국 작가 러디어드 키플링이다. 키플링은 1894년에 『정글북』을 발표했고, 1907년에 노벨문학상을 받았다. 아이 때 멋모르고 빠져들었던 늑대소년 이야기가 노벨상 수상 작가의 문학적 프레임이었다니…… 동화는 은연중에 아이의 사고를 지배한다. 정글과도 다름없는 세상에서, 때로는 약육강식弱肉強食의 냉혹한 논리를 견뎌야만 하는 게 '삶'이라는 사실을 직감하게 된 때는 그러니까 생각보다 어린 나이였을지도 모르겠다.

세상의 많은 아이들이 먼 옛날부터 『정글북』을 접하며 자랐다는 걸 증명해줄 만한 그림도 있다. 영국 기사 작위를 받기 위해 미국 시민권을 포기했던 화가, 제임스 저버사 섀넌James Jebusa Shannon이 그린 「정글 이야기」이다. 뉴욕 메트로폴리탄미술관이 소장하고 있는 이 그림은 제목조차 책에서 따왔는데, 키플링이 『정글북』을 출간한 바로 다음해인 1895년에 그려졌다. 그림 속에는 엄마와 딸, 딸의 친구가 함께 등장한다. 엄마가 들고 있는 책이 바로 『정글북』이다. 그림 속 엄마는 실제 섀넌의 부인이고, 턱을 괸 채 하염없이 이야기 속에 빠진 소녀는 섀넌의 딸 '키티'다. 그러니까 100여 년 전에도 아이들은 『정글북』에 사로

제임스 저버사 섀넌, 「정글 이야기」, 캔버스에 유채, 87x113.7cm, 1895, 뉴욕 메트로폴리탄미술관

잡혀 있었던 것이다. 오, 영원한 고전이여!

늑대의 품에서 자란 모글리는 갈색 피부를 가진 인간의 아이다. 정글의 강자인 호랑이 '시어칸'에게 나무꾼이던 아버지를 잃고 홀로 살아남은 모글리는 덤불 속에서 발견된다. 이후 모글리가 늑대 무리에 합류하게 된 건 '정글의 법칙'을 따라서였다. 늑대 부모 말고도 모글리를 대변해줄 동물 두 마리가 더 나타났기 때문이다. 논란에 휩싸인 존재를 무리 안에 받아들이기 위한 전제 조건으로 둘 이상의 '대변자'가 있어야 한다는 게 정글의 법칙이다. 모글리에게는 그 법칙을 기꺼이 따르며 무리에 합류할 수 있도록 도와준 지원군들이 있었다. 그건 그야말로 행운이었다. 갈색 곰 '발루'는 모글리에게 정글에서 살아가는 데 필요한 이런저런 법칙들을 가르쳐준다. 흑표범 '바기라'는 모글리의 목숨을 구하는 대가로 갓 잡은 황소 한 마리를 내놓는다. 그렇게 발루와 바기라 덕분에 모글리는 두려움을 잊은 채 정글에 편입된다.

모글리는 가능한 것과 불가능한 것, 허용된 것과 금지된 것을 익힌다. 예를 들어 자기 구역을 벗어나 사냥하기 위해서는 해당 구역의 동물로부터 허락을 받아야 한다. 하지만 이 경우에도 사냥은 오직 '먹이'를 위한 것이어야 한다. 단순히 '재미'를 위한 사냥은 금지다. 이 모든 것들이 환경을 지배하는 법칙들이다. 생명이 깃든 존재는 자신도 모르는 사이 환경에 적응하며 성장한다. 모글리 역시 살아남기 위해 늘 뭔가를 배워가고 있다는 걸 미처 깨닫지 못한 채 자란다.

> "정글은 다 네 거야. 이길 수만 있으면 뭐든 잡아먹어도 돼. 하지만 네 목숨을 살려준 황소를 생각해서 절대 소는 건드리지 마. 늙은 소든 어린 소든 죽이지도 말고 먹지도 마. 그게 정글의 법칙이야." 모글리는 이 법칙을 충실히 따랐다._24~25쪽

모글리는 열 살쯤 되던 해 인간 세계로 추방된다. 정글의 법칙 하나를 어겼기 때문이다. 모글리는 인간의 도구인 '불'을 사용했다. 동물은 불을 쓰지 않는다. 정글에서는 어떤 짐승도 불을 불이라 부르지 못한다. 그만큼 불을 두려워하기 때문이다. 그래서 '빨간 꽃'이라거나 수백 가지 다른 이름들로 불을 묘사했다. 무섭고 두려운 존재를 에둘러 다르게 표현한 것이다. 유발 하라리가 『사피엔스』에서 "인간이 먹이사슬의 최정점으로 올라서는 핵심단계가 불을 길들인 것"이라고 말했듯, 인간은 불로 사나운 동물들을 제압할 수 있었다. 깊은 숲에 불이 붙으면 결국 숲은 인간의 차지가 됐다. 불이 꺼지고 나면 인간은 그 잔해를 헤치고 숲으로 들어갔다. 그리고 필요한 동식물을 건져 나왔다. 불은 모글리를 다른 동물들로부터 구분했다. 어떤 대상을 두려워하는 정도에 차이가 있다면, 그건 존재의 차이다. 모글리

는 불붙은 나뭇가지로 시어칸을 위협했고 동물의 세계를 평정했다. 그리고 정글을 떠난다. 떠나면서 눈물을 흘린다. 인간만이 흘린다는 눈물을.

하지만 긴 세월 늑대로 살았던 모글리는 마을에서 환영받지 못한다. 인간으로서 따라야 할 또다른 법칙들을 처음부터 다시 배워야 했다. 신발을 신어본 적도, 옷을 입어본 적도, 침대에서 자본 적도, 돈을 사용해본 적도, 쟁기질을 해본 적도 없었지만, 그 모든 것들을 사람답게 살기 위해 익혀야 했다. 반면 사는 세계가 바뀌고 나니 힘의 서열에서는 우위를 차지했다. 정글에서 미약했던 모글리는 인간 세계에서는 황소처럼 힘이 센 아이가 됐다. 모글리는 마침내 자신의 아버지를 해쳤던 호랑이의 가죽을 벗긴다. 복수에 성공한 것이다. 그러나 이 일로 결국 마을에서도 추방당한다. "마음대로 짐승으로 변할 수 있는 사악한 마법사"라는 모함을 받으면서.

세계를 건너가는 일은 이렇듯 자신을 완전히 새롭게 규정하는 일이다. 새로운 세계에서는 그 세계에 맞게 자신을 재정비해야 한다. 늑대도, 인간도 아니었던 모글리는 정글에서든 마을에서든 불안하고 불완전한 존재일 뿐이었다.

나는 두 명의 모글리로 갈라졌지만, 시어칸의 가죽은 내 발밑에 있다.

> 내가 시어칸을 죽였다는 것을 정글은 모두 알고 있다. 봐라— 똑바로 봐라. 오, 늑대들아! 아하! 알 수 없는 것들에 마음이 무겁다._107쪽

키플링의 『정글북』 원작은 모두 일곱 편의 단편 모음이다. 「모글리의 형제들」「카의 사냥」「호랑이다! 호랑이야!」 등 앞 세 편이 우리가 흔히 아는 늑대소년 모글리의 이야기이다. 그밖에 각각의 단편마다 물개나 몽구스, 코끼리 등이 주인공으로 등장한다. 유년의 기억 속 『정글북』은 모글리와 든든한 동물 친구들이 나오는 훈훈한 이야기였다. 어린이용 동화를 읽고, 디즈니 영화로 만들어진 것을 봤기 때문이다. 어른이 되어 읽은 원작 소설은 우리가 사는 세상에 대한 씁쓸한 통찰로 가득했다. 책장 켜켜이 냉혹한 적자생존의 법칙이 스며 있었고 복수와 응징의 서사, 인간에 대한 냉소가 배어났다. "화를 다스려야만 생명을 지키고 먹이를 얻을 수 있다"와 같은 '정글의 법칙'은 인간 세상을 읽는 방식이기도 하다.

우리가 사는 세상은 정글이 아니지만 정글에 비유된다. 태어난 이상 살아남기 위해서 저마다 애면글면 법칙의 그물에 매달린다. 가끔은 거대한 법칙이 우리를 압도한다. 그럴 때 우리는 눈물이 난다. 하지만 눈물을 흘리는 존재는 대개 눈물을 감춘다. 울지 않고 견뎌야 하는 순간을 위해 키플링은 시를 남겼는

지도 모르겠다. 넘어져도 다시 일어나는 자만이 정글에서 살아남을 수 있다. 그래서 넘어질 때면 그의 시 「만약에」를 되새겨본다.

「만약에」, 러디어드 키플링

....

네가 그동안 얻은 모든 것을 한데 모아
단 한 번의 승부를 걸 수 있다면
그래서 모든 것을 잃더라도
처음으로 돌아가 다시 시작할 수 있다면
그리고 잃어버린 것에 대해 아무 말 하지 않을 수 있다면

....

삶이 고조되는 순간

『몰입』, 황농문
랜덤하우스코리아, 2007

'그것' 외엔 아무것도 하지 않는 것…… 평범한 일상 속에서도 오직 하나에만 몰두할 수 있는 순간들이 많기를 자주 갈망한다. 인생은 의지와 상관없이 종종 산만해진다. 아마도 무의식을 떠돌아다니고 있을 온갖 경험의 기억과 감정의 편린 탓일 것이다. 지난 일을 후회하거나 알 수 없는 미래를 걱정하지는 않겠노라 다짐하고 노력해도, 완벽하게 실천하기는 어렵다. 겉으로 평온해 보이는 순간에도 정신적 방황을 하곤 한다.

빌 게이츠가 읽을 책만 잔뜩 싸 들고 홀로 은신하며 '생각 주간think week'을 보낸다고 말했듯이, 누구에게도 무엇에도 방해받지 않고 오직 책 무더기와 함께 시간을 보내고 싶을 때가 있다. 슬프고 가슴 아프더라도 결코 내게 상처를 주지는 않을 이야기, 영감과 감동을 주는 누군가의 이야기 속으로 빠져드는 순간이면 나는 가장 순수하고 안전한 몰입 상태에 이른다. 나와 책 사이에서 밀도 높게 일어나는 화학작용이 좋다. 황농문 교수가 『몰입』에서 인용한 대로 "삶이 고조되는 순간"이다. '몰입 이론'을 창시한 미하이 칙센트미하이가 '플로우flow'라고 이름 붙인 상태 말이다. 자유롭게 하늘을 나는 듯 느껴지거나, 물 흐르듯 편안하고 자연스러운 상태에서 이뤄진다는 몰입의 순간. 그 순간이 오면 나는 실로 삶이 무르익고 있음을 느낀다.

몰입한 순간의 기억은 생생하다. 흐릿한 회색이나 단선적인 흑백이 아니라 선명한 컬러의 기억이다. 그런 기억은 운 좋게 박제되어 남아 있다. 그래서일까. 최근에 읽은 책들보다 어렸을 때 읽은 것들에 대한 기억이 더욱 생생할 때가 많다. 천연색 기억이다. 그 시절에 내가 더 깊이 몰입했었나보다. 백지 위에 처음 색을 칠했을 때 본연의 색이 가장 잘 나타나는 원리일까. 오랜 세월 남아 있는 천연 빛깔의 기억은 온전한 몰입의 결과일 것이다. 사는 동안 경험과 감정이 늘어나면서 한순간 오롯이 몰입하고 집중하는 일이 점점 어려워지는 건 어쩌면 자연스러운 일이다. 내 마음속에 살아 숨 쉬는 이야기와 주인공들은 먼 추억에서 비롯됐다.

나는 어릴 때부터 스탠드 불빛 아래서 책 읽기를 좋아했다. 스탠드 불빛은 나만의 공간을 넘어 나만의 범위를 만들어줬고, 그 안에서 나는 집중했다. 빛은 나를 주변으로부터 차단해줬다.

19세기 영국 화가 조지 클라우센George Clausen의 「전등 옆에서의 책 읽기」 정도면 그 느낌을 이미지로 대변할 수 있을 것 같다. 몰입의 순간이다. 어스름한 창밖을 보니 동트는 새벽인가보다. 어두운 방 안에서 시선이 가는 곳은 스탠드 불빛을 받아 밝게 빛나는 책뿐이다. 조명이 이야기를 밝히는 고요한 시간이다. 소녀는 소파 팔걸이 위에 책을 올려두고 턱을 괸 채 독서 삼매경에 빠져 있다. 무슨 책일까.

어둡고 고요한 시간에 스탠드 불빛은 편안하고 강력하다. 몰입을 돕는다. 나는 조명을 열렬히 애호한다. 형광등이나 LED 전등 말고, 갓 안에 들어가는 백열전구를 편애한다. 특히 오렌지빛 전구색이 주는 아늑하고 따뜻한 느낌이 좋아서 집 조명을 모조리 전구색으로 바꿨을 정도다. 침실은 물론 부엌과 거실, 옷방과 서재 등 불을 켜면 온 집 안이 오렌지빛에 휩싸인다. 백열전구는 형광등에 비해 열에너지 손실이 큰 편이지만, 전구의 낭만을 형광등으로 대체하고 싶지 않아서 부리는 사치다. 침대 옆에도 전구에 갓을 씌운 키 큰 스탠드가 있다. 습관적으로 책을 읽다 잠드는 나는 가끔씩 스탠드 아래서 에디슨을 떠올리기도 한다. 그의 명언 "천재는 99퍼센트의 노력과 1퍼센트의 영감으로 이뤄진다"를 곱씹으며…… 노력과 영감, 둘 중 무얼 더 강조하려 했든, 에디슨이 몰입한 결과가 전구의 발명이었다. 그리고

조지 클라우센, 「전등 옆에서의 책 읽기」, 캔버스에 유채, 73.2x58.4cm, 1909, 로더튼 리즈 미술관&갤러리

나는 그 불빛 아래서 몰입의 순간을 만끽한다.

『몰입』을 읽으면서 가장 흥미로웠던 대목은 '시냅스와 자아'에 대한 설명이었다. 시냅스는 뇌 속의 뉴런과 뉴런, 그러니까 신경세포와 신경세포의 연결 부위다. 우리가 살아가는 동안 경험이나 학습에 따라 계속 변하는 게 시냅스이기도 하다. 그러니까 시냅스에 학습 정보가 저장되면서 한 사람의 인격과 능력, 감정 등에 영향을 미친다. 결론적으로 인격이나 능력, 심지어 타고난 천성까지도 우리가 지속적으로 하는 생각이나 행동에 따라 변화할 수밖에 없는 것이다. 황농문 교수는 『몰입』에서 "시냅스의 가소성은 '심은 대로 거둔다'는 인과법칙이 우리 신경계에도 적용된다는 것을 알려준다"며 "'내가 나를 바꿀 수 있다'는 사실은 뇌과학이 우리에게 주는 가장 중요한 메시지"라고 말했다. 사실 우리는 이러한 과학적 메커니즘까지 몰랐어도 이미 그렇게 믿고 있었다. 더 나아지기 위해 노력하며 살아온 걸 보면.

내가 몰입해 읽었던 책은 나의 시냅스에 영향을 줬을 것이다. 내가 '오늘의 나'로 살고 있는 까닭은 그동안 집중했던 경험과 사유에 기인한다. 나는 주로 스탠드 불빛 아래서 집중했다. 불빛은 오직 나의 일부와 나의 책만을 비추고, 나와 나의 책은 비로소 주변으로부터 분리된다. 책이 있어서 더 바랄 게 없는 부자가 된 듯한 느낌. 더이상 아무것도 필요하지 않은 상태. 몰입한 순간이다.

집중과 몰입의 효용을 연구하는 전문가들에 따르면 몰입은 진정으로 원하는 것과 연결된다. 절실하게 그것만을 원할 때 그 하나에 몰입할 수 있다. 어렸을 때는 지금보다 더 단순했다. 그래서 한 가지만을 원하는 순간이 많았다. 살면서 점점 원하는 게 늘어났다. 이젠 수시로 모드를 전환해야 하는 상황이 많다. 몰입의 효율이 떨어진 어른이 된 것이다. 그럼에도 나는 여전히, 매 순간 단 한 가지에만 몰입할 수 있기를 욕심부린다. 내 삶이 고조되기를, 끊임없이 현재에 충실할 수 있기를 말이다.

모든 순간에 수천억 개의 시냅스가 활동하고 있다. 몰입의 경험이 알알이 들어찬 시냅스가 나를 더 단단하고 심플한 사람으로 만들어주면 좋겠다. 글을 쓰고 있는 지금 이 순간이 참 좋다. 몰입하고 있다. 내 삶이 고조되는 순간이다. 책 한 권을 써내는 건 몰입 없인 어려운 일이다. 앞선 경험으로, 책 쓰기에 알맞은 시냅스가 생긴 것 같다.

호화로운 마차 안에 머무는 마음

『작은 아씨들』, 루이자 메이 올컷
박지선 옮김, 더스토리, 2020

내게는 여동생이 있다. 기억이 희미해지긴 했지만, 우리에게도 무수히 다투며 지내던 시절이 분명 있었다. 하지만 그 시절 우리는 세상 둘도 없는 친밀한 사이이기도 했다. 루이자 메이 올컷이 쓴 『작은 아씨들』 속 네 자매가 '천로역정' 놀이를 즐겼던 것처럼, 우리도 둘이서 이런저런 역할극을 하며 꽤 창의적으로 놀았다. 각자 '라라'와 '미미'라는 마론인형을 분신처럼 갖고 있었고('라라'와 '미미'는 언제 우리 곁을 떠나버린 걸까……), 휴일 아침이면 만화영화를 보면서 먹을 과자를 사러 꼭 함께 슈퍼마켓에 갔다. 새우깡과 자갈치에 더해 짱구와 바나나킥, 초콜릿을 입힌 과자도 함께 샀다. 우린 어렸어도 '단짠의 조화'를 진작부터 알고 있었던 것이다. 나는 두 살이 더 많다는 이유로 종종 동생을 훈육하려 들었다. 예를 들어 '학습지 몇 장을 풀면 놀아주겠다'는 식의 조건을 내걸었는데, 그 시절에는 내가 동생을 통제해야 한다거나 통제할 수 있다는 생각에 빠져 있었다.

유치했지만 포근했던 한 시절을 함께 지나온 나와 내 동생은 어느새 어엿한 어른이 되었다. 단둘이서 파리 여행길에 오를 만큼, 유럽의 낯선 도시들을 어두워진 후에도 서슴없이 걸어다닐 만큼, 마주앉아 술잔을 기울일 만큼 커버렸다. 인형 대신 주식이나 와인처럼 한결 성숙한 소재로 대화를 나눈다. 그럼에도 때때로 나는 동생을 통제하고 싶어진다. 어렸을 때 그랬던 것처럼, 여전히. 하지만 그러지 않는다. 누가 누구를 통제하는 건 원해서도 안 되고, 가능하지도 않다는 걸 이젠 알기 때문이다.

어렸을 때 나는 자매나 가족은 서로 비슷해야 한다고 여겼다. 내가 동생을 통제하려 했던 이유다. 비슷해야 하는데 달랐기 때문에 동생의 삶에 과도하게 개입했다. '나는 나, 너는 너'가 그때는 그렇게 어려웠다. 그때나 지금이나 우린 참 많이 다르다. 내가 갖가지 불필요한 틀에 갇혀 사는 데 비해 동생은 보다 실험적인 것 같다. 좋아하는 옷의 취향도 다르다. 나는 하늘거리는 공주풍의 옷은 거의 입지 않지만, 동생은 그런 스타일도 무척 잘 소화한다. 나는 언제나 완벽하게 정돈된 상태에서 안정감을 느끼지만, 동생은 흐트러진 상태에서도 괜찮아 보인다. 어릴 적에는 동생이 어지르면 나는 잔소리를 했고, 쫓아다니면서 치웠다. 지금 동생은 운전을 아주 잘한다. 주차 실력도 수준급이다. 분명 면허는 내가 먼저 땄는데, 내 것은 여전히 장롱면허다. 한동안 운전대를 잡고 회사와 집만 오간 적도 있었지만, 길을 잘못 들어서 역주행을 하다가 멀리서 마주 오는 차를 보고 그대로 멈춰 서버렸다. 그후로는 사실상 운전을 포기했다. 그저 '도로 연수를 다시 받아야 한다'는 마음의 짐을 안고 산다.

물론 우린 공통점도 있다. 어릴 때 둘 다 강아지를 무서워했다. 웬만한 동물들은 만지지 못했고, 주변에 개나 고양이가 나타나기라도 하면 100미터 달리기 기록을 경신할 정도로 빠르게 달아났다. (나는 아직도 반려견이나 반려묘 등을 키우는 건 엄두도 못 낸다. 동물을 못 만지기 때문이다. 귀엽다고 생각하지만 만질 수는 없다.)

그렇게 같고도 다른 우리였다. 함께 자라는 동안 이야기와 추억과 취향을 공유하면서도 각자의 개성이 피어났다. 그래서인지 서로 다른 네 자매가 나오는 『작은 아씨들』을 볼 때마다 나는 누구와 가장 닮았고, 동생은 누구와 비슷한지 은근히 짝지어보곤 했다. 나는 왠지 '조'가 나 같았다. 착하고 침착한 데다 피아노를 잘 치는 '베스'를 동경했지만 아무래도 내가 베스와 비슷한 것 같진 않았다. 즉흥적이고 성미가 급하지만, 화를 내고도 쉽게 회복하는 조를 나처럼 여기는 게 더 편했다.

'불같은 조'…… '화를 냈어도 쉽게 회복한다'는 게 무슨 의미인지 나는 알고 있다. 조는 언제나 "화가 하루를 넘기게 하지 말라"는 어머니의 말을 새겼다. 어떤 식으로든 궤도에서 이탈했다고 느낄 때 자신을 금방 수정하고픈 욕구를 느끼는 사람. 순간의 성정을 감당하지 못해 엉망으로 행동했어도 곧 평정심을 되찾고 '자신의 당위'로 돌아가는 사람. 그러기 위해 부단히 노력하는 사람이 조였다.

> 조는 언니지만 자매들 중 자제력이 가장 없어서 불같은 성격을 다스리기 힘들어했기 때문에 계속 난처한 상황에 빠졌다. 하지만 화를 금세 풀었으며 자기 잘못을 겸허히 인정하고 진심으로 뉘우치며 더 잘하려고 노력했다. 조는 화내고 나면 천사 같아졌기 때문에 자매들은 차라리 조를 화나게 하는 편이 낫겠다고 말하기도 했다. 가여운 조는 착한 사람이 되려고 필사적으로 노력했지만 마음속의 적이 언제나 불같이 타오르는 바람에 좌절했고 그 적을 이기려고 몇 년 동안 끈기 있게 노력했다._157쪽

나는 조와 나를 노력형 범주로 함께 묶었다. 그에 비해 매그에게서는 허영을 느꼈다. 그건 내가 추구하는 정신적 사치와는 또다른 종류의 것이었다. 막내 에이미는 성취욕이 강한 데다 주목받고 사랑받기를 좋아한다. 네 자매 중에서는 조와 에이미가 개성이 강한 편인데, 그러다보니 서로 충돌하는 일이 잦다. 둘이 싸우면 에이미는 언니 조가 정성스레 쓴 원고 더미를 태워버릴 만큼 앙큼해졌다. 동생이 언니의 원고를 태워버리다니……!

글을 쓰는 입장이어서인지, 생각만 해도 화가 날 지경이다. 그러고 보니 나 자신을 조처럼 생각하면서 동생을 에이미처럼 여기기도 했던 것 같다. 조와 에이미처럼 우린 때때로 별것 아닌 일로 다투곤 했으니까. 그리고 조와 에이미처럼 결국 화해했으니까 말이다. 조는 동생 에이미를 깊이 사랑했다.

작은 아씨들은 화려한 삶을 꿈꿨다. "매일 크리스마스나 새해면 얼마나 좋을까" 같은 덧없는 상상부터 "근사한 저녁식사를 하고 꽃다발을 받고 파티에 갔다가 마차를 타고 집에 돌아오는 삶"을 동경했다. 소녀 시절에 나와 내 동생도 그렇게 '화려한 삶'과 '멋진 숙녀가 된 기분'을 갈망했다. 생물학적으로 어른이 되어버린 지금도 여전히 마음 한 귀퉁이에서는 허영인지 꿈인지 모를 상상들이 틈틈이 피어난다. 아이 때 공주와 왕자 이야기를 읽으면서 자라난 여자들은 자신도 모르는 사이 그런 마음을 품게 되는 건 아닐까. 다만 나이를 먹을수록 나이에 맞게 행동하느라 겉으로 드러내지 않을 뿐이다. 말하지 않아도, 나는 동생이 나와 같은 마음이라는 걸 안다. 찬란한 샹들리에 조명이 드리운 파리의 레스토랑에서 함께 와인잔을 기울이던 순간에, 값비싼 명품숍에서 가격을 생각하며 욕망을 다스리던 순간에 우리가 꼭 같이 '화려한 상상'을 했다는 걸 안다.

"호화로운 마차를 타고 달리자 모두 들떴고 고상해진 기분도 들었

오거스터스 레오폴드 에그, 「여행 친구」, 캔버스에 유채, 65.3x78.7cm, 1862, 버밍엄미술관

다."_73쪽

영국 빅토리아시대 화가, 오거스터스 레오폴드 에그Augustus Leopold Egg가 그린 「여행 친구」를 보면서 조와 에이미를 떠올렸다. 평생 천식을 앓았던 탓에 기차를 타고 공기 좋은 곳을 찾아다녔던 에그가 말년에 그렸던 기차 여행 그림이다. 그림 속 두 여인이 서로 닮았으면서도 다른 자매처럼 느껴진다. 『작은 아씨들』 초판본이 1868년에 세상에 나왔고, 에그와 올컷이 살았던 시기가 실제로 겹친다. 화가와 소설가가 살았던 곳이 영국과 미국으로 다르긴 하지만, 그림에서 소설 속 인물과 배경을 떠올리는 게 영 어색하지만은 않은 이유다.

두 여인을 조와 에이미로 생각하면서, 기차도 마차로 바꿔 상상해본다. 소설 속에서 자매들은 마차를 타고 길을 떠나면 한껏 들떴다. 창밖으로 보이는 풍경이 밝으니, 파티에서 돌아오는 길이라기보다는 파티장으로 향하는 길일 것이다. 책을 써서 돈을 많이 벌고 유명해지고 싶다는 조는 자투리 이동 시간도 아껴서 책을 읽는다. 그녀는 꿈을 가진 여자다. 책장 위 활자들을 향해 깊이 내리깐 눈과 통통한 볼 위에서 야망의 불꽃이 터진다. 에이미의 목표는 로마에서 멋진 그림을 그리는 세계 최고의 화가가 되는 것이다. 그녀는 벽에 머리를 기댄 채 잠들어 있다. 창밖으로 보이는 그림 같은 풍경을 보다가 스르르 눈이 감겼겠지.

아마도 꿈속에서는 이미 화가로 성공했을 것이다. 언니보다 더 통통하게 차오른 뺨과 깍지 낀 두 손이 그녀가 사랑스러운 사람이란 걸 말해준다. 좋은 옷을 차려입고 호화로운 마차를 타고 달리는 두 자매에게서 설렘이 번진다. 마차는 땅 위를 달리고 있지만, 그들의 들뜬 마음은 산과 바다를 건너 이미 먼 미래에 당도해 있다. 빛나고 아름다운 그곳에.

어른이 되었어도 동생과 함께할 때면 날것 그대로의 욕망을 편히 품게 된다. 어린 시절을 공유하고 있는 그녀와 있으면 마음만은 다시 어려지는 기분이다. 어린 소녀들이 어울려 자라며 품었던 사치스러운 마음. 공주와 왕자, 요정과 마법, 드레스와 보석을 향한 무구한 동심. 자매끼리라면 살면서 화려한 꿈과 낭만을 비밀스럽게 나눠봐도 좋다. 호화로운 마차를 탄 귀부인으로 살고 싶은 마음 말이다. 오랫동안 서로를 봐온 우리가 서로의 사치스러운 꿈들을 비난하지 않는 건 말하지 않고도 맺어진 소중한 약속이다.

화려한 샹들리에가 쏟아내는 오렌지색 불빛 아래서 레드와인으로 건배하던 순간을 오랫동안 잊지 못할 것이다. 훌쩍 커버린 우리는 예술과 낭만의 도시에서 꿈처럼 함께했다. 우리가 직접 번 돈으로 파리의 고급 레스토랑에 앉았다. 근사한 식사를 하며 사치스러운 추억을 또하나 공유했다. 그동안 '희망을 품고 바빠 움직인' 데 대한 보상이었으리라.

> "'희망을 품고 바삐 움직이자'가 우리 좌우명이니까 누가 이걸 가장 잘 지키는지 보자. 난 평소처럼 마치 작은할머니 댁에 갈 거야. 제발 작은할머니가 잔소리하시지 않기를!" 커피를 홀짝이던 조가 기운을 차리고 말했다._351쪽

나의 10대,
나의 인플루언서

『에마』, 제인 오스틴
윤지관, 김영희 옮김, 민음사, 2012

10대 고교 시절로 돌아간다. 보고 또 본 영화가 있었으니, 바로 「클루리스Clueless」다. 영어 제목의 뜻은 '아무것도 모르는' 정도? 그 시절 영화 속 주인공 '셰어'는 내가 넋 놓고 사랑했던 캐릭터였다. 나도 셰어처럼 살고 싶다고 바랐으니 롤모델이었다고나 할까.

10대 때 나는 지금만큼 지성을 갈구하지 않았을 뿐 아니라, 속으로는 지성보다는 미모를 갖춘 인물들을 더 좋아하고 있었다. 그저 밝고 화려한 것들에 탐닉하던 시기였다. 그래서 구김없이 밝고 자신감 넘치는 '럭셔리 걸' 셰어를 마냥 동경했다. 당시 내 방 벽에는 셰어 역을 맡았던 할리우드 배우 얼리샤 실버스톤의 사진도 붙어 있었다. 어느 날 영어 과외 선생님이 "네가 좋아한다는 걸 알고 봐서 그런지 너랑 쟤(실버스톤) 이미지가 닮은 것 같다"는 말을 툭 던졌다. 대박. 그 말이 참이건 거짓이건 속으로 얼마나 기뻤던지. 아마도 그때부터였던 것 같다. '좋아하다보면 닮게 된다'는 지론을 고수하게 된 것 말이다.

나는 좋아하는 영화나 드라마 속 인물과 그 인물을 연기한 배우를 동일시하는 경향이 있다. 셰어를 좋아하는 마음으로 실버스톤의 열렬한 팬이 되었다. 그녀의 사진이 실려 있다면 뭐든지 사들였다. 그래서 한때 우리 집에는 실버스톤이 표지모델이던 영문 문고판 『클루리스』부터 국내외 잡지들, 그녀가 직접 저술한 『카인드 다이어트』(얼리샤 실버스톤이 '비건 채식'에 대해 쓴 책이다)라는 책까지 모조리 집결되어 있었다. 영화가 나온 지 벌써 20년이 훌쩍 넘었으니 10대 셰어를 연기했던 실버스톤도 어느덧 40대 중반이다. 지금은 종종 그녀의 인스타그램을 찾아보며 '세월의 흔적'에 대해 생각한다. 셰어에게 반했던 나의 긴 히스토리다.

셰어는 그야말로 철없고 복 많은 소녀다. 하지만 그녀의 철없음은 순수함의 다른 말이기도 하다. 셰어는 자신이 언제나 다른 사람을 위해 뭔가를 할 수 있다고 생각한다. 당돌한 것도 낙관적이기 때문이다. '말'로 선생님을 설득해 C플러스 점수를 A마이너스로 바꿀 계획을 짠다. 운동과 다이어트로 미모를 가꿔야 한다거나, 세련된 억양과 어휘를 구사해 품격을 높여야 한다는 믿음이 굳건하다. 모네가 그린 그림에 대해서는 "멀리서 보면 괜찮지만 가까이서 보면 엉망"이라는 식의 평가를 내리는데, 설마 신고전주의 유파를 알고서 따라 비판한 말은 아니었을 것이다. 전학 온 친구 '타이'를 세련되게 꾸며 인기녀로 만들겠다는 걸 목표로 삼는다. 그처럼 엉뚱한 목표를 '사명'으로 여기는 건 그게 자신이 할 수 있는 좋은 일이라고 확신하기 때문이다. 정작 자기 자신에 대해선 잘 모르면서. 자신이 얼마나 타인의 생각과 감정을 오해하고 있는지, 누구를 진심으로 좋아하고 있는지는 미처 깨닫지 못한다. 하지만 본래 매력이란 결점 때문에 돋보이는 법이다. 내게 셰어는 너무나 매력적인 '인플루언서'였다.

1995년에 개봉한 영화 「클루리스」가 제인 오스틴이 쓴 소설 『에마』의 현대판이었음을 알게 된 건 영화를 보고도 한참 뒤였다. 『에마』는 1815년에 발표된 작품으로, 그 첫 문장은 『바람과 함께 사라지다』의 첫 문장("스칼렛 오하라는 예쁘지는 않다. 그러나 사람들은 그녀의 매력에 일단 끌리기만 하면 그녀가 예쁘지 않다는 것을 거의 의식하지 못한다")과 쌍벽을 이룰 만큼 강렬하다. 그 문장 속 에마처럼만 살 수 있다면 더 바랄 게 없다.

> 미인이지 총명하지 부유하지 거기에다 안락한 가정에 낙천적인 성격까지 갖춘 에마 우드하우스는 인생의 여러 복을 한 몸에 타고 난 듯했고, 실제로 세상에 나와 스물한 해 가까이 살도록 걱정거

리랄 것이 거의 없었다._9쪽

제인 오스틴은 직접 탄생시킨 에마를 두고 "자신을 빼고는 아무도 좋아하지 않을 주인공"이라고 했다는데, 에마라는 캐릭터가 공감보다는 질시를 부를 거라 예상했던 것 같다. 오스틴의 소설 속 다른 여자 주인공들과 달리 에마는 좋은 남자와의 결혼 따위는 안중에도 없을 만큼 '다 가진 여자'니까 말이다. 오스틴은 한번쯤 에마의 삶을 살아보고 싶었던 건지도 모른다. 작품으로 내적 열망을 승화시킨 것일지도.

그건 나도 마찬가지다. 설령 현실이 소설과 다를지라도, 소설 속 인물을 통해 꿈을 꾼다. 에마를 보며 머릿속에서나마 이상을 실현해볼 수 있다. 실수하고 잘못해도 본연의 천진함으로 행복한 마음을 잃지 않는 사람이 되어보는 것이다. 이따금 자기중심적이라는 비판을 받더라도, 때때로 오판을 하더라도 너무 염려하거나 신경 쓰지 않는 단순한 사람이 되어보는 것이다. 에마의 타고난 밝은 천성을 내 것인 양 여겨보는 것이다.

에마처럼 풋풋한 젊음에 밝은 기질을 타고난 사람들은, 잠시 우울한 밤을 보냈다고 해도 날이 바뀌면 거의 예외 없이 기운도 돌아오게 마련이다. 풋풋한 젊음과 밝은 아침은 서로 잘 어울리며 힘있게 작동하는 법이다. 뜬눈으로 밤을 새울 정도로 사무친 괴로움

이 아니라면, 아침에 눈을 뜰 때는 아픔도 좀 누그러들고 희망도 밝아오게 마련이다._202~203쪽

에마는 '제인 페어팩스'를 자신과는 다른 부류로 생각했다. 제인은 교양을 갖춘 우아하고 고상한 인물이다. 하지만 그 고상함을 한결같이 유지하기 위해 얼마나 답답해졌던가. 에마는 제인을 두고 속으로 읊조린다. "싫으면 당당하게 싫은 마음을 드러낼수록 난 당신이 더 좋아질 거야"라고. 나 역시 예의를 가장해 속을 감추는 일에는 재능이 없다. 앞서 쓴 책 『진심은 보이지 않아도 태도는 보인다』에서도 그런 나를 일터에 걸맞게 다듬어온 노력에 대해 이야기했다. 좋고 싫은 마음이 자꾸 얼굴에 묻어난다는 것을 의식하며 살고 있다. 일하는 동안 엄격하게 스스로를 평가하고, 끊임없이 더 나은 태도를 연습해야 했던 배경이다.

에마는 천진했지만 우월감에 빠져 있었고 타인에 대한 이해가 부족했다. 그녀가 선의에서 시작한 '결혼 중매'는 번번이 실패했고, 당사자들에게 상처를 줬다. 그럼에도 그녀가 사랑스러운 이유는 잘못을 깨닫고 개선하려는 의지가 있었기 때문이다. 에마는 끊임없이 더 나은 존재가 되고자 했다. 유연한 마음가짐과 거침없는 실행력이 그녀의 자산이었다. 누구나 자신에게 화가 나고 실망하는 순간이 있다. 하지만 소수만이 자신을 개선하려는 노력을 한다. 나는 그렇게 어제보다 오늘 더 발전한 사람

조지 던롭 레슬리, 「꽃말」, 캔버스에 유채, 112.3x145cm, 1885, 맨체스터미술관

에게 매력을 느낀다. 쇼핑과 메이크업, 친구의 연애사에 몰두하던 셰어가 "이번엔 나의 영혼을 꾸미겠다"며 수재민 돕기에 발 벗고 나선 반전 때문에 그녀를 더 좋아했다.

『에마』는 작고도 큰 이야기다. 에마라는 한 사람을 통해 자기 성찰과 변화, 잘못된 판단과 죄책감, 이해와 오해에 관해 통찰한다. 자신과 타인을 제대로 이해하는 일의 중요성과 무지에서 비롯된 상상력의 과오, 어린 영혼이 성숙한 영혼으로 도약하는 과정을 그린다. 「클루리스」와 함께했던 나의 10대 시절을 추억하면서 『에마』를 정독했다. 고전은 우리가 모르는 사이에도 갖가지 방식으로 재생산돼 곁에 머물고 있다.

영국 빅토리아시대를 살았던 화가, 조지 던롭 레슬리George Dunlop Leslie의 그림 한 점이 이 소설과 꽤 어울린다. 그림 제목은 「꽃말」. 흰 옷을 입은 아리따운 여인이 보고 있는 책이 꽃말 사전이다. 19세기 빅토리아시대에는 연인들이 저렇게 꽃말 사전을 참고해 원하는 뜻을 품은 꽃을 골랐다. 그리고 꽃과 함께 편지를 전했다. 에마는 곧 친구 해리엇에게 연애편지 쓰는 법과 어울리는 꽃을 조언할 것 같다. 하지만 에마는 독서가는 아니다. 자주 오해하고, 이해하는 일에 서툴렀던 데에는 책을 많이 읽지 않은 탓도 있지 않았을까 짐작해본다. 꽃말 사전으로 지성을 키우기는 어려워 보이지만, 그래도 책 읽는 모습이 사랑스럽다.

울지 말고 운명을 개척할 것

『캔디 캔디』, 미즈키 쿄코(글), 이가라시 유미코(그림)
하이북스, 2005

"외로워도 슬퍼도 나는 안 울어~"로 시작하는 노래를 기억하는가. 일본 작가 미즈키 쿄코 원작의 애니메이션 「들장미 소녀 캔디」의 주제가이다. 슬프거나 울고 싶어질 때 자동 반사적으로 떠오르는 노래가 아직도 캔디 주제가라니. 지금 내 나이를 생각하면 좀 어이없기도 하지만, 사실이다. 따져보면 30년 넘도록 잊지 않고 있는 이 노래의 가사는 캔디 이야기를 거의 완벽하게 압축하고 있는데, 내게 실로 큰 영향을 줬다. 그러니까 종종 '울지 말자' '웃자' '외롭고 쓸쓸하면 내면의 나와 대화하자' '캔디도 외롭고 슬프고 쓸쓸했다. 누구나 그렇다'……와 같은 생각을 하며 살게 한 것이다. '외롭다'거나 '적적하다'는 말 대신 '쓸쓸하다'고 말하길 더 좋아하는 건 분명 캔디 노래 탓이다. "나 혼자 있으면 어쩐지 쓸쓸해지지만~" 하고 부르는 대목의 가사와 음정, 또 거기 실리는 감정이 좋다. 슬프지만 강건한 느낌…….

어린 시절에는 TV 만화영화로 「캔디」를 봤다. 정작 만화책을 읽게 된 건 불과 몇 년 전이다. 하이북스에서 나온 컬러판 '캔디 캔디' 시리즈를 우연히 발견하곤 냉큼 샀다. 그날은 왠지 동심을 되찾고 싶었다. 슬펐으나 울고 싶지는 않았던 날 같기도 하다. 살다보면 슬프지만 울음을 삼켜야 할 때가 있다. 만화책과 나이는 큰 상관이 없다. 만화를 보며 다시 캔디에게 빠져들었으니.

언제나 밝고 착한 캔디는 모두에게 사랑받는 존재다. 예외 없는 법칙이 없듯, 이라이자나 닐처럼 인격적 결함이 뚜렷한 이들만 의도적으로 캔디를 미워하고 괴롭혔을 뿐이다. 하지만 못된 닐조차 결국 캔디를 좋아하게 된다. 착하고 용감한 캔디가 폭력배 무리로부터 자신을 구해주자 사랑의 감정이 싹텄다는?

"남자는 행복한 여자를 좋아한다"는 글귀를 어디선가 읽은 적 있다. 캔디가 행복한 여자였기 때문일까. 마인드 컨트롤의 여왕격인 캔디를 거의 모든 남자들이 좋아했다는 건 여전히 신기하다. 안소니는 캔디가 슬퍼하면 "넌 웃는 얼굴이 제일 예쁘다"며 달래줬다. 그러고 보니 캔디가 매사 웃으려 했던 게 결국 좋아하는 남자의 마음에 들기 위해서였나 하는 생각이 설핏 스치기도 하지만, 웃음을 잃지 않는 일이 남이 시킨다고 되는 일은 아니라는 걸 안다. 캔디는 기본적으로 자신을 비하하지 않고 귀히 여기는 '행복 유전자'를 타고난 게 틀림없다. 가끔은 아무도 보지 않는 곳에서 훌쩍이기도 하지만 눈물이 문제를 해결해주지 않는다는 사실을 일찌감치 터득한 기특한 아이이다.

이라이자의 꾐에 빠져 영국의 성바오르학원에서 퇴학당할 처지에 놓이게 된 캔디는 학생 감옥에 갇혀 눈물을 뚝뚝 흘린다. 보는 사람 없는 그곳에서, 혼잣말을 한다.

> "울어도 소용없는데…… 나는 아무도 보는 사람이 없으면 금방 울어버린다니까."_3권, 181쪽

사실이다. 눈물은 대부분 큰 소용이 없다. 더구나 어른이라면 더욱 그렇다. 울어봤자다. 운다고 달라지는 일은 없다. 눈물을 보이는 건 약해지는 일이며, 약한 모습은 나 자신에게조차 보이고 싶지 않다.

아무튼 캔디 덕분이다. 무의식중에도 밝고 굳센 것이 좋다고 여기며 살아온 것 말이다. 내가 읽거나, 봤거나, 직접 마주했던 무수한 긍정 캐릭터 중에서도 캔디는 단연 독보적 존재다. 캔디는 울지 않고 스스로 운명을 개척했다. 언제나 슬픔을 뒤로 하고 자신의 길을 걸었다. (캔디는 간호사가 된다!)

> "훌쩍거리고 있을 순 없어. 힘을 내야 해! 자기 길을 똑바로 걸어

이스트먼 존슨, 「내 뒤에 남기고 온 소녀」, 캔버스에 유채, 106.6x88.5cm, 1870~75, 워싱턴 D.C. 스미스소니언미술관

가야 해!"_4권, 99쪽

19세기 미국의 초상화가이자 풍속화가였던 이스트먼 존슨 Eastman Johnson이 그린 「내 뒤에 남기고 온 소녀」를 보노라면 캔디의 강인한 모습이 겹쳐 떠오른다. '미국의 렘브란트'라고 불렸던 존슨의 명성답게, 소녀는 어둠을 뒤로하고 빛의 세계로 방향을 돌린다. 쓸쓸한 풍경을 압도하며 홀로 서 있는 소녀는 캔디의 대사를 독백할 것만 같다.

"혼자 있기가 무서우면 살아갈 수 없어!"_5권, 279쪽

품 안에 꼭 쥔 책들에 눈길이 간다. 단단한 하드커버 속에 그득한 글귀들은 여정을 인도해줄 나침반이 될 것이다. 소녀에게는 밥이나 돈보다 소중한 '인생책'일 테니. 휘날리는 머릿결과 망토, 꼿꼿한 시선과 오뚝한 코, 굳게 다문 입술이 눈에 들어온다. 화가는 붓으로, "운명이 거칠어도 굴복하지 말라"고 말하는 것 같다.

캔디는 산전수전 끝에 진정한 숙녀가 되어 고향 '포니의 동산'으로 돌아온다. 끝내 떠났던 곳으로 되돌아온다 해도 여정은 무용하지 않다. 힘든 길을 가는 동안 생각이 자라고 마음이 움직이고, 우린 성숙한다. 울지 않겠다고 다짐하며 살던 캔디는

고향에 돌아와서야 마음 놓고 운다. 마침내 흘린 눈물의 이유는 '너무나 행복해서'였다. 행복할 때 흐르는 눈물은 참지 않아도 된다.

『캔디 캔디』를 읽으면 언제나 캔디를 지켜주는 남자들이 있다는 사실에 나도 모르게 흐뭇해진다. 안소니와 테리우스, 그리고 알버트. 그중 캔디의 진정한 수호신은 알버트였다. 알버트는 캔디가 언덕 위에서 만났던 그 '왕자님'이다. 캔디는 왕자님이 알버트라는 사실을 오랫동안 알지 못한다. 원래 수호신은 그렇게 자신을 다 드러내지 않는 법이다. 알버트는 캔디에게 많은 것을 가르쳐줬다. 남에게 끌려다니지 말 것, 강해질 것, 자기 운명은 자기가 찾을 것. 안소니의 죽음을 슬퍼하지 말고 만남을 기뻐할 것.

> "정말 네게는 웃는 얼굴이 더 잘 어울려. 언제까지나 그 웃는 얼굴을 잃지 마."_6권, 309쪽

그림으로 표현하지 못한 아름다움

『베르사유의 장미』, 이케다 리요코
대원씨아이, 2009

주르륵…… 눈물방울이 쓰고 있던 안경알을 적시면서 시야가 뿌옇게 흐려졌다. 책을 보면서 울어본 게 얼마만인가. '나 왜 이래?' 당황스러웠다. 책이나 영화를 보다가 울음이 터질 정도면 일종의 쾌감이 찾아온다. 메말라버린 줄 알았던 마음이 움직일 때 동반되는 쾌감. 나는 오랜만에 기쁨을 느낄 만큼 슬퍼하고 있었다. 멀찌감치 떨어져서 신문을 보던 남편이 훌쩍이는 소릴 듣고 묻는다.

"너 왜 그러냐?"

"아니…… 마리 앙투아네트가 사형되는데…… 너무 슬퍼서……."

얼굴을 감춘 채 울먹이는 나를 보며 남편은 어이없어 했다.

"너 좀 이상한 거 아니냐?"

그러게, 내가 생각해도 좀 이상했다. 나 혹시 전생에 마리 앙투아네트였나? 어처구니없는 공상까지. 어느 휴일 종일 이케다 리요코의 만화 『베르사유의 장미』 전권(1권~8권)을 독파한 나는 끝내 펑펑 눈물을 쏟았다. 프랑스 부르봉왕조의 루이 16세와 결혼했던 오스트리아 합스부르크가의 황녀, 마리 앙투아네트가 단두대로 오르고 있었다. 1793년 10월 16일 12시 15분, 역사의 한 장면이다. 작가는 자신의 만화를 보면서 우는 독자를 상상해 본 적 있었을까. 리요코는 이 만화를 1972~73년 사이 82주에 걸쳐 완성했고, "자신의 청춘에서 기념비적인 작품"이라고 자평했다고 한다.

『베르사유의 장미』는 추억 속 만화다. 어린 시절을 생각하며 다시 전권을 사들였다. 남의 나라 왕비의 비극을 일찌감치 꿰게 됐던 건 이 만화책 덕분이었다. 국민의 삶은 안중에 없었던 왕비, 혼자만의 향락에 빠져버렸던 앙투아네트. 하지만 만화를 보며 나는 그녀에 대한 연민과 변호의 마음을 키웠다.

어른이 된 아이는 옛 추억을 떠올리며 프랑스를 여행했다. 태양왕 루이 14세의 영광이 서린 베르사유궁전, 루이 16세가 앙투아네트에게 선물했던 시골 별궁 '프티 트리아농', 그리고 그곳에 있는 '사랑의 신전'. 사랑의 신전은 앙투아네트가 스웨덴 귀족 페르젠과 가슴 먹먹한 사랑을 나눴던 곳이다. 평생 결혼하지 않고 앙투아네트를 지킨 페르젠은 나중에 목숨을 걸고 국왕 일가의 도피를 돕는다.

어릴 적 독서 경험은 역시 소중하다. 설령 만화책이어도 그렇다. 평생 마음에 담아둘 존재가 생긴다. 내가 자라면서 마음 속 인물도 함께 성장한다.

우리 집 책장에는 『베르사유의 장미』 해설집 격인 『베르사이유의 장미—미스터리와 진실』이라는 책도 꽂혀 있다. 표지에는 '사랑과 혁명의 대서사시, 베르사이유의 장미 30주년 기념작'이라고 쓰여 있다. 벌써 20년 가까이 된 책인데, 오랜만에 다시 넘겨본다. 화려한 드레스와 수트를 입은 주인공들의 모습 하나하나가 여전히 날 설레게 한다. 만화 속 등장인물 중 남장 여자 '오스칼'만은 역사에 없는 허구의 인물이다. 아들 없는 가문에서 막내딸로 태어난 그는 장군이었던 아버지의 뜻에 따라 아들로 키워지고, 오스트리아를 등지고 프랑스 황태자비로 시집온 앙투아네트를 지키는 근위대장이 된다.

나는 마리 앙투아네트의 천성을 좋아한다. 내가 아는 대로의 천성이 맞다면 말이다. 무엇보다 자신의 감정에 솔직하다. 꾸밈

없이 밝고 사랑이 많다. 깊이 생각하는 데 서툰 대신 즐거운 상상으로 자신의 기분을 북돋을 줄 안다. 견디기 힘든 순간에도 자긍심을 잃지 않는다. 내가 '꾸밈없는 솔직함'에 대한 환상을 갖고 있다면 앙투아네트의 영향도 무시할 수 없다. 마냥 솔직한 게 늘 좋은 건 아니지만, 나는 언제나 아이 같은 솔직함으로 무장한 삶을 꿈꾼다. 누군가는 그걸 제멋대로의 삶이라고 비난할지도 모르겠다. 하지만 그래서 '꿈'을 꾸는 것이다. 제멋대로 사는 게 쉽지 않기 때문에. '마음대로 사는 삶'이라면 어쩐지 잘못으로 여길 만큼 나는 길들여져 있다. 눈에 보이지도 않는 사회적 기준을 자유로이 넘나들지 못하는 기분이다. 나만 그러는 건 아니리라 믿는다.

그러니 열네 살 어린 나이에 무작정 낯선 나라로 시집와 '왕관의 무게'를 견뎌야 했을 여자의 생은 어땠을까. 앙투아네트는 외로웠다. 루이 16세는 좋은 사람이었지만 좋은 남편은 아니었다. 앙투아네트는 프티 트리아농을 외로움을 달래줄 피난처로 삼았다. 왕실에서 벗어나 농가의 자연에서 숨통을 틔웠다. 하지만 인공적으로 조성된 전원 별장에는 막대한 돈이 들어갔다. 결과적으로 외로움을 세금으로 달랜 셈이니 비난을 피하기 어려웠다. 여왕에게는 무거운 책임이 있음을 그녀는 미처 알지 못했다. 사랑이 많은 사람이었지만 그 사랑을 자신과 주변에만 쏟았다. 눈에 보이는 게 세상의 전부라고 여긴 어리석음은 불찰이었다. 굶주림으로 고통받는 평민들의 삶에까지 여왕의 사랑이 미쳐야 한다는 사실을 몰랐다. 그래야 한다고 누군가가 미리 깨우쳐줬더라면 어땠을까. 철부지 소녀로 세상에 등장했던 앙투아네트는 서른일곱의 나이에 단두대에 올랐다. '최후까지 긍지를 잃어선 안 된다'는 신념만큼은 간직하고 있었기에, 마지막 순간까지 의연했다.

그 몸짓의 매력이 화폭에 다 담기지 못했다는 앙투아네트의 초상화를 본다. 「장미를 든 마리 앙투아네트」는 몇 년 전 프랑스를 여행하며 프티 트리아농을 찾아갔을 때 직접 본 그림이다. 앙투아네트의 전속 화가, 엘리자베트 비제르브룅Élisabeth Vigée Le Brun이 그렸다. 비제르브룅은 서민 출신이었지만 탁월한 그림 실력 하나로 궁정에 들어갔다. 하지만 그녀의 그림 실력으로도 앙투아네트의 매력을 다 표현할 수는 없었다. 앙투아네트의 아름다움은 외모 자체보다는 우아한 자세나 발랄한 태도 같은 움직임에서 비롯되었기 때문이다. 앙투아네트의 뺨은 마치 "우유에 장미꽃 한 잎을 떨어뜨려둔 듯"했다고 한다. 손에 들고 있는 '올드로즈'의 색감이 얼굴빛과 닮았다. 마치 낡아버린 듯 엷디엷은 분홍빛 장미가 올드로즈다. 앙투아네트는 그처럼 파스텔컬러가 잘 어울리는 사람이었다. 「모슬린 슈미즈 차림의 마리 앙투아네트」에서는 부드러운 색감 덕분에 그녀의 무구한 이미지가 더욱 두드러진다. 이 그림은 내가 가장 좋아하는 그녀의

엘리자베트 비제르브룅, 「장미를 든 마리 앙투아네트」, 캔버스에 유채, 117x89cm, 1783, 파리 베르사유궁전

엘리자베트 비제르브룅, 「모슬린 슈미즈 차림의 마리 앙투아네트」, 캔버스에 유채, 90x72cm, 1783, 크론베르크 헤센하우스재단

엘리자베트 비제르브룅, 「책을 읽고 있는 마리 앙투아네트」, 캔버스에 유채, 278x192cm, 1788, 뉴올리언스미술관

초상이다. 하지만 그림이 그려진 당시에는 속옷 차림의 왕비가 상스럽다는 이유로 비난받았다.

앙투아네트에게는 책보다 장미가 더 어울렸다. 그녀가 책보다 꽃을 더 좋아했기 때문일 것이다. 앙투아네트는 미인이었으나 학식을 갖춘 사람은 아니었다. 루이 15세의 정부였던 퐁파두르 후작부인이 '벨 사방Belle Savante, 학식을 갖춘 미인'으로서 늘 책과 함께했던 것과는 차이가 있다. 책을 들고 있는 퐁파두르의 초상화는 많지만, 책을 들고 있는 앙투아네트의 초상은 드물다. 비제르브룅이 「책을 읽고 있는 마리 앙투아네트」를 그리긴 했는데 아무래도 어색하다. 책을 보던 중이었음을 암시하듯 책 사이에 손가락을 끼우고 있지만 아마 연출한 모습일 것이다. 만약 앙투아네트가 독서를 즐기는 사람이었다면 자신의 운명을 좀더 돌볼 수 있었을지도 모르겠다. 책이 앞날을 예측하는 혜안을 기르는 데 조금쯤은 보탬이 되지 않았을까.

1789년 7월 14일 성난 파리 시민들이 바스티유 감옥을 습격하면서 프랑스대혁명이 시작된다. 베르사유궁전에서 파리의 튈르리궁으로 쫓겨온 국왕 일가는 프랑스 탈출을 감행하지만 바렌 지역에서 혁명파에게 붙잡히고 만다. 1791년 6월 20일로 기록되어 있는 '바렌 도주 사건'이다. 도망갔던 국왕 일가는 다시 돌아오지만, 나라를 떠나려 했던 지도자를 민중은 용서하지 않았다. 그로부터 약 2년 후 왕과 왕비는 잇따라 단두대에 올랐다.

"불행해지고 나서야 비로소 인간은 자기가 누구인가를 알게 되나 봐요. 나는 지금까지 그저 무의미하게 춤추고 노래하고…… 인생을 편하게 살아왔다는 생각이 들어요."_7권, 172쪽

5일간의 도피 중 겪은 공포는 마리 앙투아네트의 아름다웠던 블론드를 노파 같은 백발로 만들어버리고 말았던 것이다._7권, 232쪽

때로 역사는 한 사람에게 너무 많은 책임을 묻는다. 개인을 헤아리기보다 전체를 돌보는 심판이기에 그렇다. 그림으로 표현하지 못하는 아름다움이 있듯 역사가 외면하는 슬픔도 있다. 마리 앙투아네트는 사랑받기보다 이해받고 싶었을 것이다. 내 유년 시절에 처음 만났던 왕비를, 세월이 흐른 만큼 더 깊이 바라보게 된다.

한번도 본 적 없는 마지막 잎새

『마지막 잎새』, O. 헨리
김선영 옮김, 좋은생각, 2005

'마지막 잎새'. 우리나라에서는 남녀노소 모두에게 꽤 익숙한 시적 표현이다. 오 헨리의 단편소설 제목 때문이다. 그가 쓴 「마지막 잎새」를 초등학생 때 처음 읽었는데, 그때나 지금이나 이 짧은 이야기는 참 마음을 찡하게 한다.

원제는 *The last leaf*다. 영어로 'leaf'는 그저 '잎'이라는 뜻인데, 우리나라에서는 '잎'이 '잎새'로 번역되었다. 국어사전에서 '잎새'는 '나무의 잎사귀. 주로 문학적 표현에 쓰인다'고 나온다. '마지막 잎새'와 '마지막 잎'은 느낌이 천양지차다. 소설의 제목이 '마지막 잎'이었다면, 소설을 떠올리며 지금처럼 아련한 기분이 들었을지 모르겠다.

「마지막 잎새」는 1905년에 발표됐다. 뉴욕 맨해튼에 있는 예술가 마을 '그리니치'가 소설의 무대인데, 미국 시트콤 「프렌즈」

의 배경이기도 한 곳이다. 계절은 11월, 모두 네 사람이 등장한다. 젊은 화가 '수'와 '존시', 예순이 넘은 화가 '베어먼'과 의사. 수와 존시, 그리고 베어먼은 모두 가난하고 아직은 변변치 못한 예술가들이다. 베어먼은 무려 40년 동안 걸작을 그리겠다는 꿈을 품어왔지만 지금껏 제대로 된 작품 한 점 남기지 못한 '낙오한' 화가다. 벽돌집 3층에 수와 존시가 함께 살고 있고, 바로 아래층에 베어먼이 산다. 겨울이 다가오자 가난한 화가들이 모여 사는 마을에 폐렴이 유행하고 존시에게 불행이 닥친다. 수가 소설 삽화를 그려 겨우 번 돈으로 폐렴에 걸린 존시를 간호하지만 희망은 보이지 않는다. 존시는 삶의 의지를 잃은 지 오래다. 침대에 누워 창밖으로 보이는 담쟁이 잎을 세면서 '마지막 한 잎이 떨어지면 자신도 죽는다'는 생각에 사로잡혀 있다. 의사는 존시가 의욕을 차리지 못한다면 회복할 가능성이 거의 없다고 말한다.

수는 죽을 날만 세고 있는 존시 이야기를 베어먼에게 털어놨다. 그리고 그날 밤, 비바람이 무섭게 몰아쳤다. 다음날 아침, 존시는 더이상 남은 잎새가 없을 거라 생각했다. 밤새도록 비바람을 견디기에 잎새는 너무 연약하니까. 그런데 이게 웬일인가. 창밖으로 여전히 담벼락에 꿋꿋하게 붙어 있는 마지막 한 잎이 보이는 것이다. 마침내 존시는 기운을 차린다. 우리가 알고 있듯 그 '마지막 잎새'는 베어먼이 그려둔 그림이었다. 밤새 폭풍을 견디며 이룩한 마지막 걸작. 고령의 베어먼은 존시를 위한 작품을 남기고 폐렴을 앓다 숨을 거둔다.

그러고 보면 그림의 힘이라든지 치유력을 말할 때 베어먼이 그린 마지막 잎새만 한 예도 없을 것 같다. 40년을 실패한 화가로 살았어도 "걸작을 그리겠다"는 말을 입에 달고 살더니, 마침내 누군가를 살리는 위대한 그림을 그려낸 것이다. 베어먼이 비바람을 헤치고 잎새를 그리는 장면은 소설 속에 묘사되어 있지 않다. 하지만 영화처럼 생생하게 그려볼 수 있다. 폭풍 속에서도 베어먼의 이마에는 땀방울이 맺혔을 것이다. 미켈란젤로가 「천지창조」를 그리려고 시스티나성당 천장에 매달려 고투했을 때만큼 숭고한 모습이었겠지.

> "그런데 아직 불이 켜져 있는 램프와 늘 놓아두었던 곳에서 끌어낸 사다리, 흩어진 붓 몇 자루와 노란색과 녹색 그림물감을 푼 팔레트가 발견된 거야. 창밖으로 벽에 붙어 있는 담쟁이 잎을 좀 봐. 이렇게 바람이 불어도 조금도 흔들리지 않는 것이 이상하다고 생각되지 않아? 존시, 저건 바로 베어먼 아저씨의 걸작이었어…… 마지막 잎새가 떨어진 날 밤에 그분이 저기에 그려놓았던 거야."_22쪽

가을이 시작되는 9월의 주말 아침, 커피를 내리고 블루베리

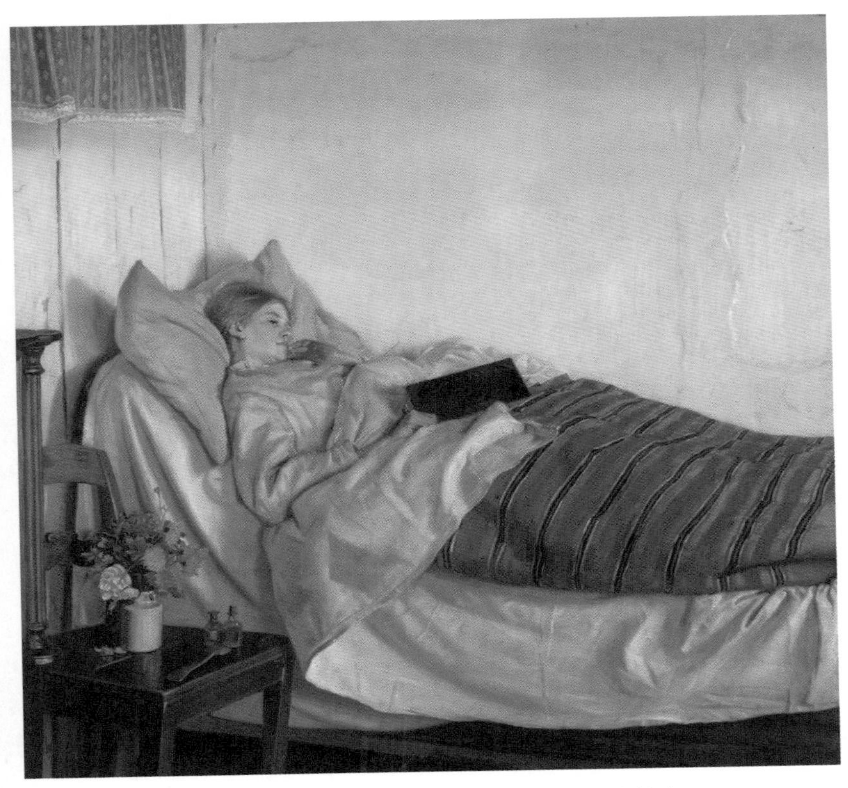

미카엘 안세르, 「아픈 소녀」, 캔버스에 유채, 80.5x85.5cm, 1882, 코펜하겐 국립미술관

베이글을 굽고 베이글에 발라 먹을 프랑스산 라콩비에트 버터를 꺼내 식탁에 앉았다. 마음이 차분해지는 가을에는 북유럽 그림이 특히 좋아진다. 덴마크의 최북단 바닷가 마을 '스카겐'의 대표적 화가, 미카엘 안세르Michael Ancher의 작품들을 감상하다가 그림 한 점에 시선이 머물렀다. 「마지막 잎새」의 존시를 떠올리게 한 그림의 제목은 「아픈 소녀」다. 그림 속 소녀는 침상에 누워서 먼 곳을 응시하고 있다. 혹시 그림 밖으로 창문이 나 있지 않을까. 창 너머 담장에는 담쟁이 잎들이 몇 개쯤 남아 있을 것 같다. 소녀는 독서를 멈추었다. 책 읽기는 물리적 고통이 수반되는 일은 아니지만, 적극적인 정신활동을 필요로 한다. 그래서 아픈 사람은 책을 읽기 어렵다. 책을 읽는 사람은 의욕적인 사람이다. 희망을 가진 사람이 책을 읽는다. 존시가 다시 책을 읽었으면 좋겠다. 베어먼이 혼신을 다해 남긴 마지막 잎새를 봤으니 분명 다시 책을 읽을 수 있을 것이다.

곧 겨울이다. 나무들은 또다시 헐벗게 될 것이다. 분명 나무마다 '마지막 잎새'가 있을 텐데, 나는 아직 한번도 마지막까지 홀로 매달린 잎을 본 적이 없다. 현실에서는 모든 잎들이 한순간에 다 같이 떨어져버리는 걸까. 아니면 내가 모르는 사이에 마지막 남은 잎새 하나가 유유히 떨어지고 말았던 것일까. 사는 동안 한번도 보지 못한 마지막 잎새를 이토록 익숙하게 여기게 된 건 모두 오 헨리 덕분이지 싶다.

P.S.

최근에 열한 살 딸 서윤이가 「마지막 잎새」 얘기를 꺼냈다. 나는 서윤이보다 서른 해 이상 더 살았는데 같은 책에 대해 이야기할 수 있다니…… 『마지막 잎새』가 추억의 책으로 손색이 없다는 의미일 것이다.

나의 몽실언니

『몽실언니』, 권정생 지음, 이철수 그림
창비, 2012

나는 공산주의에 반대하는 '반공 웅변'을 하며 자란 세대다. 내가 다니던 초등학교(당시 '국민학교') 운동장에는 북한 무장공비에게 "나는 공산당이 싫어요"라고 당당하게 외쳤다는 이승복 어린이의 동상도 있었다. 방학 때 독후감 숙제로 나오는 도서 목록에는 늘 '반전反戰'과 '통일'을 주제로 하는 동화가 포함되어 있었다.

딸을 발표력 좋은 아이로 키우고 싶었던 부모님은 나를 웅변 수업이 특화된 유치원에 보냈다. 지금 돌이켜봐도 카리스마가 넘쳤던 원장 선생님이 나를 직접 지도했는데 나는 선생님이 꽤 흡족하게 생각할 정도로 웅변을 잘하는 애제자였다. 서울에서 열리는 전국 웅변대회에 나가 1등상을 받았고(나는 부산에서 어린 시절을 보냈다), 초등학교에 입학할 때는 전체 신입생을 대표해 신입생 인사도 했다. 홀로 교단 위에 올라가 넓디넓은 운동장을 가득 메운 인파를 내려다보던 순간은 마치 생애 최초의 데뷔전을 치르는 기분이었다. 아빠는 내가 사람들 앞에서 연설을 해야 할 때면 늘 "잘할 수 있다"고 격려해줬지만, 정작 나는 '잘해야만 한다'는 부담을 느꼈다. 그래서 발표를 하다 말고 울어버릴 때도 있었다. 하지만 울면서도 꾸역꾸역 끝까지 원고를 다 외우고서야 단상에서 내려왔는데, 나는 적어도 책임감은 있는 아이였던 것이다.

"한 마리 꾀꼬리가 슬프게 울고 있습니다. 자기 짝을 잃어버리고 목 놓아 울고 있습니다. 어디로 갔는지 소식조차 알 수가 없고, 살았는지 죽었는지도 모른답니다." 그렇게 시작한 웅변 원고의 주요 대목들을 아직도 기억한다. 선생님이 써주신 원고를 목청 높여 외우고 또 외웠던 덕분이다. 주제는 결국 '통일을 이루자'는 거였다. 이런 웅변대회는 내가 중학생이 되었을 무렵에 '나의 주장 발표대회'쯤으로 명목이 바뀌면서 보다 다양한 주제를 다루게 되었던 것 같다. 주제가 무엇이었든 그 시절 나는 늘 호소력 짙고 설득력 높은 1등 연사가 되기 위해 부단히 노력했다.

권정생이 쓴 『몽실언니』는 내가 '웅변 소녀'였던 시절에 분명 펑펑 울면서 읽었던 책이다. '분명 펑펑 울면서 읽었'음을 강조하는 건 울면서 읽은 기억이 또렷한데도 막상 책 내용을 떠올리자니 세세한 부분까지는 잘 기억나지 않는 게 당황스러워서다. 시간이 흐르면서 지난 일이 희미해지는 건 당연한 일이겠지만 어릴 때 그렇게 심취해서 읽었던 책 내용까지 잊고 산다니, 소중한 추억이 날아가버린 것 같아 왠지 억울해진다. 주인공 '몽실언니'의 '몽실'이라는 이름은 그 시절 나에겐 옆집 언니의 이름처럼 친근했다. 물론 책을 처음 읽었던 유년의 어느 날 이후로 지금까지도 몽실이라는 이름만큼은 한번도 잊어본 적이 없다.

꼬마가 어른이 되어버릴 정도의 세월을 보내고 다시 『몽실언니』를 읽게 된 건 딸 서윤이 때문이다. 내가 또 한 권의 책을 쓰고 있다는 사실을 아는 서윤이는 요즘 따라 전화만 하면 "엄마, 책은 많이 썼어?"라고 물으며 자꾸 '검사'를 하려 든다. 그러면서 열한 살 된 제가 읽은 책 제목들을 툭툭 건넨다. "이 책에 대해선 안 써?" 하고 참견하거나 제안하는 것이다. 나는 대부분 "그래, 생각해볼게"라며 적당히 받아주고 넘기는데, "『몽실언니』에 대해선 썼어?"라는 질문에는 마음이 동했다. 내가 초등학생이었을 때 아빠가 내게 『몽실언니』를 사줬던 것처럼, 아빠는 손녀에게도 같은 책을 사준 것이다. 그러고 보니 유년 시절 도서목록에서 빼놓을 수 없는 게 『몽실언니』였다.

"엄마는 『몽실언니』를 펑펑 울면서 봤었다?"

“왜?”

“몽실언니가 너무 불쌍하잖니.”

“난 울 정도는 아니었어. 그리고 몽실언니보다 난남이가 더 불쌍해.”

우리의 대화는 여기서 그쳤다. ‘난남이?’ 비록 강산이 세 번도 더 바뀌었을 만큼 오래전이긴 하지만, 나는 분명히 그 책을 아주 열심히, 여러 날에 걸쳐 읽었고, 읽는 동안은 밤낮으로 생각했었다. 이야기에 푹 빠져 눈물을 쏟을 정도였는데, 웬걸. ‘난남이’라는 이름이 너무나 생소했다. 더 생각해보니, 줄거리에 대한 기억도 가물가물했다. 『몽실언니』를 건성으로 읽지 않았는데…… 기억력이 왜 이 모양인가. 웅변 원고도 잘 외우던 나였는데. 서윤이가 어느 대목에서 ‘난남이가 더 불쌍하다’고 여겼을지 가늠되지 않았다.

인터넷서점에서 『몽실언니』를 주문했다. 어릴 때 읽었던 책은 더이상 갖고 있지 않았다. 그래도 그때 그 책의 모습을 여전히 기억한다. 표지에 초록색 테두리가 있었다. 수십 년 만에 다시 내게 온 책. 그 사이 『몽실언니』는 창비아동문고에서 수차례 개정판을 내고 수십 쇄를 거듭 찍었다. 책의 마지막 장을 들춰보니 1984년 초판 발행, 2021년에 개정 4판까지 찍었다. 이미 40년 가까이 살아남은 책이다. 책보다 내 나이가 조금 더 많다. '권정생 글'에 '이철수 그림'. 2007년에 작고한 권정생 선생은 2000년(작가는 연도를 '단기 4333년'로 썼다)에 쓴 개정 2판 머리말에서 "1981년 연재 당시 인민군 이야기가 잘못됐다는 이유로 원고지 열 장 분량이 잘려 나갔다"는 사실을 털어놨다. 그러면서 "잘려 나간 부분의 내용은 인민군 청년 박동식이 몽실이를 찾아와 통일이 되면 서로 편지하자고 주소를 적어주는 장면이었다"고 설명해뒀다. '남과 북은 절대 적이 아니다' '지금 우리는 모두가 잘못하고 있다'고 썼던 대목들을 모두 지워야 했다는 것이다.

『몽실언니』는 해방 후 한국전쟁을 겪는 과정에서 부모를 잃고 동생들을 돌보며 험한 삶을 살아야 했던 몽실의 일생을 다룬 이야기다. 몽실의 엄마는 무능하고 가난한 남편을 떠나 새 결혼을 한다. 엄마는 몽실을 데려가며 "이제부터는 절대 배 안 고프게 해주겠다"고 약속한다. 하지만 몽실에게는 비극의 시작이었다. 의붓아버지의 폭행으로 끝내 다리를 절게 된다. 여덟 살 어린 나이부터 평생 신체적 장애를 안고 살게 된 것이다. 다시 친아버지를 찾아간 몽실은 착한 새어머니를 맞게 되지만, 새어머니는 병약한 사람이다. 동생 난남이를 낳은 뒤 결국 숨지고 만다. 이제 난남이를 키우는 건 몽실의 몫이다. 몽실은 동생을 돌보기 위해 구걸도 마다하지 않는다. 새 결혼 후 동생 둘을 더 낳은 친어머니도, 전쟁포로로 병을 얻은 친아버지도 끝내 숨진다.

그야말로 홀로 견뎌야 하는 모진 운명. 하지만 몽실은 제게 주어진 삶 앞에서 너무나 의연하다. 누구도, 어떤 일도 원망하지 않는다. 그는 "우는 건 부질없으니 울지 말고 참으라"는 새어머니 '북촌댁'의 가르침을 평생 가슴에 새기고 산다.

> "어머니, 인생이란 게 뭐여요?"
>
> 몽실이 잠자리에 들기 전에 북촌댁을 보고 물었다.
>
> "사람이 태어나서 살아가는 걸 인생이라 하나 보더라."
>
> (……)
>
> "어머니, 나는 앞으로 어떻게 되는 거여요?"
>
> "그건 네가 괴롭더라도 참고 열심히 살면 알게 될 게다. 어떻게 사는가는 스스로 결정해야 하는 거야."_77~78쪽

권정생은 몽실을 "어떤 어려움 속에서도 쓰러지지 않고 꿋꿋이 살아갈" 인물로 그렸다. 불행했지만 의연해야 했던 그의 모습이 한 시대의 자화상이었는지도 모르겠다. 『몽실언니』는 반공 웅변이 예사롭던 시절에 한국전쟁을 배경으로 쓰였지만, '반공'보다는 '반전'을 말한다. 국군이든 인민군이든 '신분이나 지위나 이득을 떠나 사람으로 만나면' 결코 서로를 죽이는 전쟁을 할 수 없다는 것이다. 몽실이는 한 인민군 여자로부터 "국군 중에도 나쁜 국군이 있고 착한 국군이 있지. 그리고 역시 인민군

『몽실언니』 개정판 표지(이미지 제공: 창비)

도 나쁜 사람이 있고 착한 사람이 있어"라는 얘기를 듣는다. 그렇다. 살면서 이해해야 할 것은 이념보다 사람이다. 『몽실언니』가 내 어린 마음에 감동을 주었던 것도 이념이나 전쟁의 명분을 일깨웠기 때문이 아니라 몽실이라는 연약하고도 강인한 개인의 지난한 삶을 깊이 들여다보게 했기 때문이었다.

> 지난여름, 휴전 협정이라는 것이 마무리되었다. 그러나 그 지긋지긋한 삼팔선은 없어지지 않고 다만 이름만 휴전선으로 바뀐 채 본래대로 돌아오고 말았다. 북쪽에서 피난 온 사람들과 남쪽에서 북으로 간 사람들은 돌아가지도, 돌아오지도 못한 채 전쟁만 쉬게 된 것이다. (……) 총알이 날아오는 전쟁은 그쳤지만, 사람들은 살아가기 위해 또다른 전쟁을 해야만 했다._238쪽

새삼 시간을 되짚어보니, 전쟁이 끝난 지 100년도 되지 않았다. 하지만 그보다 훨씬 더 까마득한 과거인 것만 같다. 내가 직접 경험하지 못한 역사여서 그럴 것이다. 반공 웅변을 했고, 반전 도서를 읽었어도 그렇다. 하지만 이 작고 소박한 옛이야기를 대하면 가슴속이 은근히 뜨거워진다. 판화가 이철수 화백이 그린 책 표지를 가만히 들여다본다. 몽실이가 난남이를 업고 있다. 몽실의 한쪽 다리가 불편하다는 사실이 눈에 들어온다. 그림 속 갓난아기, 난남이는 제 엄마를 닮아 병약하

다. 소설의 마지막 장에 이르면 어른이 된 난남이가 결핵 요양 병원에 입원해 있다. 몽실이는 난남이가 읽고 싶어하는 책들을 싸 들고 문병을 간다.

책을 다시 읽고 서윤이에게 난남이 이야기를 꺼냈다.

"서윤아, 난남이가 병에 걸려서 몽실언니보다 더 불쌍하다고 했던 거야?"

"꼭 그렇다기보다는…… 오래 병을 앓으면서 젊었을 때 누렸던 행복을 다 잃어버렸잖아. 아름다움도 사라지고, 남편도 떠나버리고…… 잠깐 행복했다가 끝내 불행해진 게 더 불쌍해."

미처 생각해보지 못한 지점이었다. 나는 갓난아이 때부터 엄마가 아닌 언니, 몽실의 손에 길러진 난남이를 측은하게 생각했을지언정 그가 한때나마 행복을 누렸다는 사실을 새겨보진 않았던 것이다. 하지만 서윤이 말에 고개가 끄덕여졌다. 난남이는 부모 없이도, 지극한 희생과 사랑으로 돌봐준 몽실의 품 안에서 그만하면 행복했다고 할 수도 있다. 예쁜 얼굴 덕택에 부잣집 양녀로 가게 되었고, 학교를 졸업하고 멋진 청년과 결혼도 했다. 모두 언니의 보살핌이 있었기에 가능한 일이었지만, 행복은 잠시였다. 10년째 병을 앓게 되면서 얼굴의 아름다움도 잃어버리고 남편도 떠나버린다. 『몽실언니』는 난남이가 자신의 병문

안을 왔다가 절뚝거리며 돌아가는 몽실의 뒷모습을 보면서 눈물을 흘리는 장면으로 끝난다. 나는 꿋꿋했으나 고달팠던 몽실의 삶이 애잔한데, 서윤이는 가졌던 행복을 잃어버린 난남이의 눈물이 더 마음에 걸리나보다.

3부

슬퍼도 걷는다

자기계발서를 탐독하는 이유

『행복한 이기주의자』, 웨인 다이어
오현정 옮김, 21세기북스, 2019

'행복하다'는 말을 사전에서 찾아보면, '생활에서 충분한 만족과 기쁨을 느끼어 흐뭇하다'고 나온다. 대부분 사전적 설명에는 고개를 끄덕이게 되지만, 행복에 대한 정의만큼은 좀 아쉽다. 행복이 단지 만족과 기쁨을 느끼는 상태만은 아니지 않을까. 예를 들어 '나는 슬퍼도 행복한 사람'이라는 식의 말도 성립될 수 있는 것 아닌가? '외로워도 슬퍼도 안 운다'고 했던 캔디를 슬픈 순간에도 행복한 아이로 이해했었다. 심리학자이자 자기계발 전문가였던 웨인 다이어는 『행복한 이기주의자』에서 "행복할 줄 아는 사람이 똑똑한 사람"이라고 했다. 결국 행복은 상태나 감정과 상관없이 자신의 의지로 선택할 수 있다는 함의가 있다.

책을 읽는 이유는 다양하겠지만, 나는 궁극적으로 행복을 위해서 읽는다. 알아가고, 느끼고, 이해하고, 공감하고, 차이를 발

페데리코 잔도메네기, 「좋은 책」, 캔버스에 유채, 1897

견하고, 깨달으면서 기쁘고 만족스러워지기 때문이다. 때로는 별다른 감흥을 주지 않는 책도 만난다. 하지만 언제나 완벽한 방편은 없는 법이다. 그 사실을 인정한다면, 내가 나를 행복하게 할 수 있는 가능성이 가장 큰 행위는 여전히 독서다. 내게 책은 언제나 행복을 위한 소품이다. 잘 맞는 옷처럼 느껴지는 '좋은 책'을 만나면 설레기까지 한다. 나는 설레는 순간 행복하다고 느낀다. 파리에서 활동했던 이탈리아 인상주의 화가, 페데리코 잔도메네기Federico Zandomeneghi가 그린 그림 속 여자처럼 설레고 행복해진다. 그림의 제목은 「좋은 책」이다. 구구절절 설명이 필요 없어 보인다. 감동하는 순간이다.

편식보다는 각종 영양소를 고루 갖춰 먹는 게 건강에 좋듯이, 행복을 위해 읽는 책도 가급적 다양하게 고르는 편이다. 수험생이었을 때나 직장에 매여 있었을 때는 호흡이 긴 장편소설에는 손이 잘 가지 않았지만, 그렇다고 특별히 읽지 않는 장르는 없다. 설령 내 의견이나 취향과 정반대편에 있는 책이라도 뭐라고 썼는지 궁금해서 읽어보기도 한다. 다만 지치고 힘들고 어려운 시기에는 특정 종류의 책을 집중적으로 탐독하는데, 바로 자기계발 서적들이다. 자기계발서는 읽는 사람과 읽지 않는 사람으로 나뉠 만큼 호불호가 갈린다고 한다. 그리 따지자면, 나는 자기계발서를 읽는 부류인 것이다.

자기계발서의 효용은 사실상 읽는 이의 '수용 의지'에 달려 있다. 어찌 보면 누구나 다 알 만한 얘기를 담고 있기 때문이다. '누가 몰라서 못하나?'라는 자조 섞인 비아냥을 듣는 책이 되기도 하는 이유다. 독서 경험에 미뤄보면, 모든 자기계발서는 결국 같은 말을 한다. 수많은 저자들이 다양한 방식으로 결국 한 가지, '행복에 이르는 길'에 대해 이야기한다고 봐도 무방하다. 그렇다면 각종 자기계발서가 끊임없이 나오고, 또 거듭 읽히는 건 왜인가. 그건 같은 목적을 이루는 데에도 여러 방법이 있기 때문이다. 뿐만 아니라 아는 것과 느끼고 실행하는 건 또다른 문제라서 그럴 것이다. 후자는 내게 특히 더 의미 있는 이유다. 꼭 행복해야만 한다는 법은 없지만, 행복하고자 하는 의지를 가진 이에게 자기계발서는 의지를 북돋아주는 역할을 한다. 그래서 언제나 행복하고 싶은 욕심이 있는 나는 힘들어서 의지가 약해질 때마다 자기계발서를 찾는다. 새로 나온 자기계발서들을 습관적으로 사두는 것도 '힘든 순간을 위한 비상식량'을 쟁여두는 마음에서 비롯한다. 마냥 즐거운 순간보다 고된 순간이 더 많은 게 인생인지라, 다양한 격려와 조언을 반복해서 읽고 새기며 살고자 하는 것이다.

웨인 다이어가 쓴 『행복한 이기주의자』는 특히 힘이 된다. 내겐 '좋은 책'이다. 미국에서 처음 출간된 시기가 1976년이었고, 지금까지 40년 넘게 세계적 스테디셀러에 올라 있을 만큼 많은 이들이 공감하는 책이기도 하다. 책의 원제는 *Your erroneous zones* 즉 '당신의 오류지대들'이다. 우리가 당연하게 생각하는 오류지대 때문에 우리의 행복과 성장이 저해된다는 얘기다. 예를 들어 '화를 내는 건 지극히 인간적인 현상'이라거나, '인간은 자기감정을 그저 겪어야 한다' 식의 생각은 사실 잘못됐다고 저자는 말한다. 책의 큰 주제 두 가지는 '우리는 자신의 감정을 선택할 수 있다'는 것과 '언제나 현재를 살아야 한다'는 것이다. 저자 특유의 명확한 어법과 논리가 독자를 쉽게 설득한다. 지금 이 순간을 충실히 살기 위해서라면 자신의 감정을 선택할 수 있다는 믿음과 의지가 선행되어야 한다. 우리가 이성을 잃고 자신을 망쳐버리는 경우는 대부분 스스로 감정을 컨트롤하지 못할 때이다. 어떤가, 설령 이 책을 읽어보지 않았더라도 이미 알고 있는 것들 아닌가? 책을 읽고 나면 생각이 더욱 확실해지고 단 며칠간이라도 실천하려고 노력하게 된다.

> 감정은 단지 자연적으로 발생하는 정서가 아니다. 감정은 선택 의지가 들어가 있는 반응이다. 스스로의 감정을 통제할 수 있으면 제 무덤을 스스로 파는 부정적인 감정들을 택하지 않게 된다. 일단 감정이 마음가짐에 달려 있다는 사실을 깨닫는다면 '똑똑함'의 길로 성큼 들어서는 셈이다. (……) 나는 내 생각을 통제할 수 있다. 내 감정은 내 생각에서 비롯된다. 따라서 나는 내 감정을 통제

할 수 있다._20~21쪽

나는 행복을 느끼면서 살고 싶다. 행복해야만 한다는 강박이 아니다. 목표라기보다는 소망이다. 이 소망을 위해 언제나 중요한 건 감정을 제어하고 좋은 감정을 택하는 결정력이다. 스스로 평정심을 유지하고 평온함을 찾을 수 있는 건 일종의 능력이며, 능력은 그냥 주어지는 게 아니라 습득하고 키워야 한다. 알고 있다 해도 언제나 실천하지는 못하기에 나는 책을 이용한다. 머리로 아는 걸 행동으로 옮겨야 할 때마다 자기계발서에서 채찍과 격려를 찾는다. "너무 멀리 생각하지 말고 5분 단위로 생활할 것"이라든지 "15분간 집중된 노력을 기울이기"와 같은 소소하지만 구체적인 방법들이 웨인 다이어의 책에도 나와 있다. 언젠가 또다른 책에서는 "5년 후가 아닌 5분 후의 자신을 결정하라"는 비슷한 지침도 읽었다. 모두 지치고 힘들 때 나 자신을 바로 세우기 위해 애용하고 있는 실전 팁들이다.

인생은 받아들이는 만큼 풍요로워진다. 책에 담긴 좋은 말들을 끊임없이 받아들여서 더 좋은 나를 이루고 싶다. 내가 수시로 자기계발서를 탐독하는 이유다.

삶은 깊이를 드러내는 예술

『로댕의 생각』, 오귀스트 로댕
김문수 편역, 돌을새김, 2016

조각작품을 직접 보면 마음이 울렁댄다. 그 감정을 글로 제대로 표현해낼 만큼 재주가 없는 것 같아 안타깝지만, 그림이나 사진을 마주할 때와는 또다른 기분이다. 왠지 모르게 아련한 느낌에, 조금은 경건해지기도 하고 가끔은 눈물이 날 것 같기도 하다면 설명이 될까. 하여튼 근원을 알 수 없는 복합적인 감정에 휩싸이곤 한다.

초등학교 시절 엄마를 따라갔던 백화점 인테리어 코너에서 내 키만 한 여신의 조각상을 보았던 것이 조각상에 대한 첫 기억이다. 어린 눈에 어찌나 아름답던지 넋을 놓고 쳐다보았다. 백화점을 도는 내내 엄마 손을 끌고 몇 번이나 찾아가서 보고 또 보고…… 나는 그 조각상을 사서 집으로 가져오고 싶었다. 안타깝게도 살 수 없는 가격이었지만.

성인이 되어 유럽 각지의 미술관을 돌아다니며 거장들의 조각작품을 직접 보게 되었을 때에도 하염없이 빠져들었다. 성모 마리아가 죽은 그리스도를 안고 있는 「피에타」를 비롯해 「노예」와 「다비드」 같은 미켈란젤로의 작품들, 오귀스트 로댕Auguste Rodin의 「생각하는 사람」이나 「키스」, 카미유 클로델의 「성숙」, 드가의 「14세 어린 무용수」, 안토니오 카노바의 「에로스의 키스로 되살아난 프시케」, 베르니니의 「아폴로와 다프네」 등을 직접 봤을 때는 작품 속에 영혼이 들어 있는 건 아닐까 여겼다. 설마 내가 전생에 조각가로 살았던 건 아니겠지? (나는 늘 내가 이번 세상에 태어나기 전에 어땠을지를 궁금해한다!)

로댕의 우상이 미켈란젤로였다고 한다. 하지만 나는 조각가를 떠올릴 때면 로댕과 카미유 클로델이 가장 먼저 생각난다. 「피에타」나 「다비드」보다 「생각하는 사람」을 더 먼저 알았기 때문이기도 하거니와 서로의 천재성을 알아본 두 예술가의 사랑 이야기가 너무도 강렬하게 각인되어 있어서다. 로댕과 클로델의 재능과 열정, 예술혼과 교감이 비극적 사랑으로 끝난 사실이 늘 가슴 저릿하다.

이자벨 아자니가 카미유 클로델을 연기한 영화 「카미유 클로델」을 10대 때 처음 본 후 클로델을 알게 되었다. 그뒤로는 로댕의 뮤즈이자 연인이었으며, 조각가였던 그녀를 늘 로댕과 함께 떠올렸다. 로댕의 「다나이드」에서는 클로델의 몸이, 클로델의 「샤쿤탈라」에서는 로댕을 향한 마음이 느껴진다. 오랜 시간 자신을 위해 헌신한 여인 로즈 뵈레를 떠날 수 없어서 클로델을 가슴에 묻어야 했던 로댕과 스승이자 연인이었던 로댕에게 젊은 날의 열정과 재능을 다 바쳤던 클로델. 그녀는 로댕과 헤어지고 피해망상과 광기에 사로잡혀 죽기 전까지 30년이라는 긴 세월을 정신병원에서 보냈다.

프랑스 파리에 있는 로댕미술관에서 로댕의 조각 「키스」를 보았다. 전시장 한가운데서 실물 크기의 남녀가 격정적인 키스를 나누고 있다. 새하얀 대리석이 된 두 사람. 오직 둘만의 순간을 누리고 있는 탓에 관람자는 남자의 얼굴도, 여자의 얼굴도 제대로 알아볼 수가 없다. 하지만 이 작품이 단테의 『신곡』에 나오는 파올로와 프란체스카의 금단의 사랑을 모티프로 했다는 사실을 우리는 안다.

『신곡』은 로댕이 읽고 또 읽은 책이었다. 시동생과 형수 사이였던 파올로와 프란체스카는 함께 책을 읽는중이었다. 영국 아서 왕의 전설 속에서 금지된 사랑을 했던 왕비 기네비어와 기사 랜슬롯의 사랑 이야기에 빠져들던 파올로와 프란체스카는 파국의 키스를 하고 만다. 로댕은 「키스」에서 두 사람의 격정적 순간을 포착했다. 프란체스카의 둔부를 감싸 쥔 파올로의 손가락과 육감적으로 불거진 근육, 움푹 팬 기립근이 돋보이는 프란체

오귀스트 로댕, 「키스」, 대리석, 181.5x112.5x117cm, c.1882, 파리 로댕미술관

스카의 군살 없는 뒤태가 생생하다. 나는 조각상 주변을 천천히 돌면서 열정의 순간을 보고 또 보았다. 조각 안에 꾹꾹 눌러 담긴 사랑 이야기가 메아리처럼 공명하는 듯했다. 로댕과 클로델, 파올로와 프란체스카, 랜슬롯과 기네비어의 멀고 애틋한 사랑 이야기가.

그래서일까. 「키스」는 슬퍼 보인다. 만나고, 함께 책을 읽던 시간 동안은 기뻤겠지만 이제는 지옥으로 갈 운명이다.

로댕은 조각가가 '내면의 진실'을 표현해야 한다고 믿었다. 윤곽을 묘사할 때에도 그 안에 담긴 정신적 내용을 염두에 뒀고, 근육의 움직임으로 내면의 상태를 알 수 있다고 했다. 프랑스 국립미술학교 시험에 세 번이나 낙방했던 로댕은 30대 중반까지도 직공 생활을 전전하며 내면의 열망을 한참 동안 꽃피우지 못했다. 하지만 지금은 세상이 다 아는 조각가로 이름을 남기지 않았는가. 그의 내면에는 어떤 진실들이 담겨 있었을까. 로댕이 생전에 자신의 예술관에 대해 직접 쓴 글들을 묶은 책 『로댕의 생각』에서 그는 "예술은 결국 감정"이라고 정의한다. 로댕은 슬픔과 불행이 있기에 기쁨과 행복도 있음을 예술로 구현했다. 파올로와 프란체스카가 나눈 사랑의 기쁨을 표현하면서 슬픔도 함께 암시했다는 생각이 든다.

> 신은 대칭적 균형이라는 위대한 법칙을 만들어냈다. 대칭이라는 의미에서 선과 악은 형제간이라 할 수 있다. (……) 이를테면 소묘를 할 때 백과 흑이 필요한 것처럼 인생에서도 그 심미적인 의미에서 선과 악의 대칭을 필요로 한다. 슬픔도 마구 내버릴 것만은 아니다. 인간이 이 지상에서 생존하는 한 슬픔도 역시 찬란하게 빛나는 온갖 기쁨과 함께 우리 생활을 구성하는 중요한 부분인 것이다. 가령 이 세상에 '슬픔'이라는 것이 전혀 없다면, 우리는 지극히 무의미한 존재가 되고 말 것이다._51쪽

로댕은 조명이 비치면 음영으로 색채를 만들 수 있다고 했다. 기쁨 안에 슬픔이, 슬픔 안에 기쁨이 있는 것이다. 음영 깊은 곳에 진리가 있다. 삶은 결국 깊이를 드러내는 예술이다. 로댕은 루브르박물관을 거니는 일이 좋은 음악을 듣는 것과 같다고 여겼고, 연애의 본질은 두 사람이 합치는 일이라고 믿었으며, 성실이야말로 예술을 예술답게 하는 원칙이라는 생각을 갖고 살았다.

나와, 또다른 나

『슬픔이여 안녕』 프랑수아즈 사강
김남주 옮김, arte, 2019

다이빙보드 위에 걸터앉은 여자의 탄탄한 허벅지에 눈길이 간다. 저렇게 미끈한 팔다리와 잘록한 허리를 가지려면 엄격하게 관리해야 한다. 세련된 스타일의 커트 머리와 빨간 립스틱을 바른 입술도 의도된 것이다. 햇살 아래서 무심해 보이는 물 위의 저 여자는 '안'을 닮았다. 안이 실존한다면, 아마도 저런 모습이지 않을까. 다이빙보드는 안정감을 주기보다 불안을 조장하지만 여자는 태연하고도 품위 있게 자신을 연출한다.

얼굴이 보이진 않지만, 오렌지색 반바지를 입고 있는 또다른 여자. 의자에 기대앉아 다리를 꼬고 신문을 펼쳐 든 모습이 '세실' 같다. 쾌락과 행복을 좇고 책을 많이 읽진 않지만 간혹 세상 돌아가는 일이 궁금해 신문을 보기도 할 것이다. 건성으로 훑는 정도겠지만.

존 레이버리, 「캐슬로스 자작 부인, 팜스프링스」, 캔버스에 유채, 101.6x127cm, 1938, 개인 소장

아일랜드 화가 존 레이버리John Lavery가 그린 「캐슬로스 자작 부인, 팜스프링스」를 보면서 소설 속 두 여자를 떠올렸다. 프랑수아즈 사강이 쓴 『슬픔이여 안녕』에 등장하는 세실과 안이다. 세실은 열일곱 살이고 안은 마흔두 살이다. 글을 쓰고 있는 지금의 나는 안과 나이가 같다.

> 나를 줄곧 떠나지 않는 갑갑함과 아릿함, 이 낯선 감정에 나는 망설이다가 슬픔이라는 아름답고도 묵직한 이름을 붙인다. 이 감정이 어찌나 압도적이고 자기중심적인지 내가 줄곧 슬픔을 괜찮은 것으로 여겨왔다는 사실이 부끄럽게까지 느껴진다. 슬픔, 그것은 전에는 모르던 감정이다._11쪽

『슬픔이여 안녕』은 세실이 떠올리는 여름날의 이야기이다. 그 여름, 엄마 없는 세실은 아빠와 함께 지중해의 한적한 해안가에 자리잡은 하얀 별장에서 휴가를 보낸다. 맑고 투명한 물과 황금빛 해변, 뜨거운 햇빛으로 가득한 곳이다. 그곳에서 아빠의 애인 엘자와 휴가지에서 만나 사귀게 된 시릴, 그리고 세상을 떠난 엄마의 옛친구 안이 함께한다. 어느 날, 칸에서 다 같이 저녁시간을 보내기로 한 그날, 안과 아빠는 단둘이 사라져 데이트를 즐긴다. 두 사람은 다음날 결혼 발표를 하고, 엘자는 떠나버린다. 세실은 안이 자신의 새엄마가 된다는 사실이 왠지 두렵

다. 아빠와 안을 떼어놓기 위해 계획을 세우게 되고, 마침내 아빠의 마음을 엘자에게로 되돌린다. 자존심 강한 안은 자신도 결국 배반당한 여자가 되어버렸다는 사실을 받아들일 수 없다. 이번에는 안이 떠나고, 그 길에 교통사고를 당한다. 사실은 사고를 가장해 스스로 선택한 죽음이었다. 세실은 안이 죽고 슬픔을 느낀다. 이전까지는 느껴보지 못한 낯선 감정이다. 죄책감과 맞닿아 있어 훨씬 더 무겁고 서늘한 슬픔은 오롯이 홀로 감내해야 하는 무엇이다. 세실은 담담한 척 슬픔에게 인사를 건넨다. "안녕" 하고. 슬픔과 불행 앞에서 겉으로라도 의연한 척 할 수 있다면 존재는 어떤 식으로든 성장한다. 세실은 어른이 되는 길목에 있었다.

사강이 열여덟 살이던 1954년에 발표한 첫 소설 『슬픔이여 안녕』을 읽으면서 나는 책에 취하는 기분이었다. 별이 쏟아지는 맑은 밤, 풀냄새 섞인 바람이 솔솔 불어오는 시골의 나무 의자 위에서, 고혹적인 와인 한잔을 음미하는 것 같았다. 경험해본 적 없지만 그런 상상을 해보았다. 책을 읽는 내내 기분이 고조됐다. 사강은 "관능과 순진함을 동일한 비중으로 섞어" 이 소설을 썼다고 말했다. '8월의 파리, 자유로운 이 도시에서 성공하고 말겠다'는 굳은 야망을 품고 썼던 소설은 그 포부대로 사강에게 대단한 명성과 성취를 안겨줬다. 그녀는 자신의 첫 책을 팔아 번 돈으로 첫 차를 샀다. 차를 타고 속도를 즐겼다.

사강의 『슬픔이여 안녕』은 익히 들어 알고 있었지만, 나는 안의 나이에 이르고서야 이 책을 읽었다. 여름휴가 직전에 카를라 브루니가 인스타그램 피드에 올려둔 책 사진을 보고 즉흥적으로 '휴가 책'으로 정했다. 가만 보면, 인생을 빛내는 보물은 이렇게나 우연히 만난다.

세실은 안을 동경하면서 거부한다. 안은 지적이고 세련되고 아름답다. 다정하면서도 무심하고 옹졸하지 않지만 속내를 다 털어놓지 않는다. 침묵할 줄 알고 침착하다. 그런 안은 즉각적인 쾌락과 자유를 즐기는 세실과는 너무 다른 사람이다. 세실은 안을 닮고 싶지만 버겁다. 선망하지만 반감을 느낀다. 그래서 불편하다. 나는 세실이 안에 대해 갖는 감정을 이해했다. 세실 안에서 두 개의 자아가 싸우고 있었다. '현재의 나'와 '꿈꾸는 나' 사이에서 세실은 혼란스러웠다. 자신을 인정하려면 자신의 이상을 부정해야 했다.

> 그녀는 내가 나 자신을 사랑할 수 없게 만들었다. 행복과 유쾌함, 태평함에 어울리게 태어난 내가 그녀로 인해 비난과 가책의 세계로 들어왔다. 자기 성찰에 너무나도 서툰 나는 그 세계 속에서 나 자신을 잃어버렸다._79쪽

나는 내 안을 들여다봤다. 안과 세실이 함께 있었다. 지금까지는 세실보다 안에 가깝게 살았다. 지성을 갖추려고 노력했고, 스스로 정한 규범에 맞게 절제하려고 애썼다. 하지만 동시에 세실처럼 살고 싶었다. 자유롭고 가볍게, 방심하며 살고 싶을 때가 많았다. 세실의 표현대로 "잘못 생각할 자유"를 원했다. 옳은 판단을 해야 하는 의무를 벗어나 판단을 보류해도 되는 진짜 자유를 갈망했다. 17년간 기자로 살았던 삶에 슬슬 싫증이 났다. 수영을 못하는 내가 지겨웠다. 당장이라도 수영을 배워서 지중해 바다로 가고 싶었다. 세실처럼 자유롭게 헤엄치고 싶어졌다. 안처럼 살기 위해 줄곧 노력해왔는데, 이젠 세실로 살고 싶다는 욕망이 솟구쳤다. 이미 안의 나이에 이르렀기에, 더 어린 세실이 되고 싶어졌는지도 모른다.

사강은 자기 소설 속 인물들에 대해 결코 도덕적 판단을 내리지 않는다고 했다. 동조하지도 반대하지도 않는다는 것이다. 나는 타인을 평가하고 싶지 않아졌고, 나 자신에 대해서도 너무 깊이 생각하고 싶지 않았다.

"삶을 복잡하게 만들지마. 그토록 밝고 활동적이던 네가, 생각 같은 건 하지 않던 네가 이렇게 사색적이 되고 우울해하다니. 이건 네게 어울리지 않아."

"나도 알아요. 내가 해맑고 어리석고, 생각도 없고 특별할 것도 없

는 아이라는 걸."_91쪽

어떤 사람이고 싶은지에 대한 자문자답은 오늘도 계속된다. 시간이 흐르니 답도 변한다. 정말이지 영원한 건 없다. 변하지 않는 건 없다는 사실만이 변하지 않는다. 질문에 대한 답이 바뀌면 낯선 감정이 찾아온다. 감정은 마음 안에 산다. 마음이 변하면 진짜 변화가 찾아온다. 변화할 때 우리는 성장한다.

P.S.

존 레이버리가 그린 「캐슬로스 자작 부인, 팜스프링스」에 나오는 두 여자는 안과 세실이 아니다. 그림 제목 그대로, 레이버리는 캐슬로스 자작 부인을 그렸다. 20세기 런던 사교계를 평정하며 화려한 삶을 살았던 도리스 캐슬로스 부인. 그녀는 할리우드 배우인 카라 델레바인의 고모할머니였다. 확인되지 않은 소문이라지만, 캐슬로스 부인과 염문을 뿌린 수많은 남성들 중에는 윈스턴 처칠 영국 수상도 포함되어 있다고 한다. 처칠과 이웃이었던 레이버리 부부는 처칠의 그림 선생님이자 친구였다.

슬퍼도
걷는다

『무기여 잘 있어라』, 어니스트 헤밍웨이
김욱동 옮김, 민음사, 2012

장미향 목욕 소금을 넣고 반신욕을 했다. 따뜻한 욕조 안에서 책을 읽으면 집중이 잘 된다. 헤밍웨이의 『무기여 잘 있어라』를 100쪽쯤 읽었다. 소설 전체의 5분의 1쯤 되는 분량이다. 수증기 가득해진 욕실에서 차갑게 칠링한 화이트와인 한 잔을 마셨다. 술을 좋아했던 헤밍웨이 작품에는 유독 술 마시는 장면이 많다. 책을 읽노라면 따라 마시고 싶어진다. 소설이 더 재밌어진다.

주인공 헨리가 강물을 타고 마침내 탈영에 성공하는 3부의 끝 무렵, 이마에 맺혔던 땀방울이 흘러내리기 시작했다. 샤워기에서 나오는 따뜻한 물이 욕조를 절반 넘게 채우면서 점점 더워졌다. 퇴각 부대에 섞여 있던 헨리가 군 이탈자로 오인받으면서, 총살을 피해 강물로 몸을 던진 상황이었다. 죽을 위기에서 자신을 구한 순간. 헨리는 연인 캐서린을 떠올리고, 군복을 벗어버리고 싶다고 생각한다.

나머지는 물 밖으로 나가서 읽기로 했다.

> 나무토막은 물살을 따라 움직였고 나는 한 손으로 그것을 꼭 붙잡고 있었다. 나는 강기슭을 바라보았다. 강물은 아주 빨리 흐르고 있는 듯했다. 강에는 재목이 많이 떠다니고 있었다. 물은 무척이나 차가웠다. 수면에 섬같이 떠 있는 관목 덤불을 지나갔다. 나는 두 손으로 나무토막을 붙잡고 그것이 흘러내려가는 대로 몸을 맡겼다. 강기슭은 이제 보이지 않았다._351쪽

소설 중간쯤, 헨리가 탈영을 감행하면서 이런저런 생각에 빠지는 대목은 정말 생생하다. 역시 헤밍웨이의 단문은 명료하고, 스토리를 끌고 나가는 힘이 있다. 고전을 정독하는 기쁨! 퇴사를 하고 내 시간이 많아지자 비로소 고전소설들을 찬찬히 읽어볼 마음의 여유가 생겼다. 『무기여 잘 있어라』도 그중 하나다. 원제 *farewell to arms* 를 곱씹자니 마치 나를 위한 구호 같다. 무기에 작별을 고하는 시간. 실제로 기자들은 종종 노트북이나 휴대전화를 무기에 비유한다. 노트북 없이 취재하러 가는 건 무기 없이 전장에 나가는 것과 비슷한 일이라고나 할까. 기자를 관둔 지금도 노트북과 휴대전화 없이 살 순 없지만, 이젠 내게 그것들이 기사를 쓰기 위한 '무기'가 아닌 것만은 분명하다.

헤밍웨이는 『무기여 잘 있어라』를 두고 "내가 쓴 '로미오와 줄리엣'"이라고 말했다. 전쟁소설이면서 러브스토리다. 자신의 참전과 부상, 사랑의 경험을 고스란히 녹여낸 자전적 소설이다. 헤밍웨이는 이 소설로 큰 성공과 명성을 얻었다.

소설의 주인공은 미국인 장교 프레더릭 헨리와 스코틀랜드 출신 간호사 캐서린 바클리다. 제1차세계대전 중 이탈리아 군대의 앰뷸런스 부대에서 근무하던 헨리가 부상으로 병원에 입원하면서 캐서린을 만난다. 두 사람은 연인이 되고 함께 이탈리아 전선을 떠나 중립국 스위스로 넘어가게 된다. 전쟁을 뒤로하고 마침내 행복해지나 싶었는데 캐서린이 아이를 낳다가 숨지는 비극을 맞는다. 전쟁과 사랑, 죽음의 서사를 통해 인간의 허무한 운명을 그린 작품이다. 모든 고통을 극복한 인간의 결론은 '결국 인간은 죽는다'는 것. 그래서 전쟁은 부질없다. 헨리는 그 사실을 깨닫고 소신 없이 임하던 전쟁터를 떠나 자기 삶과 사랑을 택했다. 하지만 전쟁 없는 삶에서도 사람은 때가 되면 세상을 떠난다는 사실을 마주한다.

> 이제 캐서린은 죽겠지. 내가 바로 그렇게 만든 거야. 인간은 죽는다. 그것이 무엇인지 몰랐어. 그것에 대해 배울 시간이 없었던 거야. 경기장에 던져놓은 뒤 몇 가지 규칙을 알려주고는 베이스를 벗어나는 순간 공을 던져 잡아버리거든. (……) 결국 살아남는다

해도 종국에는 죽임을 당하는거야._496쪽

헨리는 실존주의적 인물이다. 그에게는 생각하는 것보다 먹고 마시고 잠을 자는 게 더 중요하다. "어쨌든 생각을 그만해야 한다"고 되뇌는 순간이 많다. 전장에서처럼 인간이 기본적 욕구조차 실현하기 어려울 땐 특히 생각에 빠지지 말아야 했다. 헨리는 끊임없이 '생각하는 것을 그만둬야 한다'는 자기암시를 한다. 닥쳐올 일에 대한 걱정은 소용이 없다. 오직 지금을 살아야 한다. 배고프지 않고, 맛을 음미하고, 충분히 잠을 자고, 사랑을 나누는 게 중요하다. 헨리는 탈영을 선택하지만 전쟁하는 이들을 반대하진 않는다. 그는 '나는 나, 너는 너' 하고 선을 긋는 사람이다. 사람은 각자의 삶을 살 뿐이다. 어차피 모두 죽을 운명이다. 싸우며 죽음을 앞당기는 건 얼마나 어리석은 일인가.

나는 생각하도록 태어나지 않았다. 음식을 먹도록 태어났다. 정말 그렇다. 먹고 마시고 캐서린과 잠을 자도록 만들어졌다._362쪽

헨리는 자주 허기졌다. '안 좋은 일을 모두 잊게 해주는' 포도주를 자주 마셨다. 전장에 있는 동안 책을 읽진 않았지만 신문을 읽었다. 신문에서 전쟁 기사를 읽었다. 전쟁하는 사람에게 전쟁 기사는 제 삶과 무관치 않다. 헤밍웨이는 엄청난 다독가였

후안 그리스, 「병-신문-그리고 과일 그릇」, 패널에 유채, 72.5x50cm, 1916, 바젤미술관

으므로, '책을 읽지 않는다'는 점만 뺀다면 헨리는 곧 헤밍웨이 자신이었다. 자주 배고프고 술을 즐기는 주인공의 모습은 작가의 경험과 취향에서 비롯됐다. 실제로 헤밍웨이는 회고록 『파리는 날마다 축제』에서 젊고 건장했던 자신은 끼니를 거르면 허기를 주체할 수 없었다고 썼다. 그러면서 "나중에 보니 내 소설의 주인공들은 대부분 식욕이 강하거나, 미식가이거나, 혹은 식탐이 있거나, 술을 즐기는 사람들이었다"라고 회고했다.

그림을 보면서 누군가의 취향과 일상을 떠올릴 때가 있다. 인물이나 풍경보다 정물을 그린 그림에서 특히 그렇다. 갖고 있거나 쓰고 있는 것들을 보고 주인에 대해 미뤄 짐작하게 되니까. 스페인 출신 입체주의 화가, 후안 그리스Juan Gris의 그림을 보노라니 흩어진 도상들이 마치 헨리의 흔적 같다. '합성 큐비즘synthetic cubism' 기법을 발전시켰던 그리스는 술병과 신문 등을 겹쳐 그렸다. 헨리는 포도주를 즐겼고 신문을 읽었다. 그리스는 그림을 해석하는 건 보는 이의 몫이라고 했다. 그림을 보면서 헨리의 일상과 헨리를 창조한 헤밍웨이의 삶을 상상해본다.

인생은 결국 살거나 죽는 단순한 문제다. '인간은 죽는다'는 유일한 결말을 이미 알고 있지만 깨닫지 못하고 살아갈 뿐이다. 아직 살아 있는 자와 이미 죽은 자는 헤어지게 된다. 작별하고도, 살아 있는 자는 제 길을 걸어가야 한다. 헤밍웨이가 십여 번이나 고쳐썼다는 마지막 대목의 여운이 길다. 헨리가 숨진 캐서린과 작별하고 빗속을 걸어가는 장면이다. 자코메티의 앙상한 조각상이 떠오르고, 에릭 클랩튼이 부른 「천국의 눈물tears in heaven」을 듣고 싶어진다. 먼저 떠나버린 사랑하는 이와 천국에서 만날 날을 그리는 노래. 아직 살아 있는 인간은 슬퍼도 걸어가야 할 것이다.

> 마치 조상彫像에게 마지막 작별 인사를 하는 것 같았다. 잠시 뒤 나는 병실 밖으로 나와 병원을 뒤로 한 채 비를 맞으며 호텔을 향해 발걸음을 옮겼다._503쪽

데이지를 위한 항변

『위대한 개츠비』, 프랜시스 스콧 피츠제럴드
김영하 옮김, 문학동네, 2009

데이지. 작고 수수한 꽃이다. 홀로 피는 법이 없어 꽃말이 '당신과 같은 마음입니다'라고 한다. 스콧 피츠제럴드의 『위대한 개츠비』의 여자 주인공 이름도 '데이지'다. 유명 소설 속 데이지가 화려한 여자인 탓에 꽃의 순수한 이미지가 퇴색됐다고 한다(『세계사를 바꾼 16가지 꽃 이야기』 참고). 피츠제럴드가 이기적인 주인공에게 순수한 꽃 이름을 지어줬던 건 풍자적 의도였을까? 데이지는 정말 한결같이 개츠비를 사랑하면서도 돈과 안락함 때문에 그를 떠났던 것일까…….

『위대한 개츠비』는 한 여자를 지독하게 사랑하는 한 남자의 이야기이다. 개츠비에게 데이지는 모든 걸 걸만한 꿈이고 희망이다. 개츠비는 가난했지만, 데이지와 함께할 꿈을 꾸며 악착같이 돈을 벌었고, 성공했다. 그러느라 5년이 지났는데 데이지는 이미 다른 남자의 아내가 되어 있다. 하지만 개츠비는 포기할 수가 없다. 데이지가 사는 집이 보이는 맞은편에 더 크고 화려한 집을 구하고 언제나 성대한 파티를 연다. 데이지가 찾아와줄 날을 기다리면서. 개츠비는 다시 만난 데이지에게 지난 5년 세월을 없던 걸로 하자 한다. 남편을 버리고 자신에게 돌아오라고 애원한다. 하지만 데이지는? 남편 역시 사랑한단다. 그래도 개츠비의 사랑은 진실하다. 뺑소니 사고로 사람을 치어 죽인 데이지의 죄를 대신 뒤집어쓴다. 그 죄로 결국 총을 맞고 죽게 된다. 두려움에 떨던 데이지는 마치 아무 일 없었던 듯 지금껏 살아온 대로 제 삶을 살아간다. 개츠비 덕분에.

『위대한 개츠비』는 1925년 출간된 후 100년 가까이 읽혀온 고전이다. 전 세계에 무수한 팬들이 있다. 무라카미 하루키는 자전적 소설 『노르웨이의 숲』에서 “『위대한 개츠비』를 세 번 읽는 남자라면 나와 친구가 될 수 있을 것”이라고 썼다. 뭐, 소설 분량이 얼마 되지 않아 좋아한다면 세 번 이상 읽는 것도 어렵지 않다. 하루키만큼 내킬 때마다 습관적으로 읽지는 않지만 나도 이 소설을 좋아한다. 지금껏 적어도 세 번은 읽은 것 같다. 기억이 희미해질 때마다 간간이 말이다. 그리고 데이지만큼은 내가 하루키보다 더 잘 이해하지 않을까 한다. 어쩌면 데이지를 그린 피츠제럴드보다도 더 잘 이해할지도.

타이틀롤을 맡고 있는 개츠비의 운명이 하도 가련해서인지 많은 남성 독자들이 데이지를 마치 악의 원흉쯤으로 여기는 것 같다. 하지만 나는 어떤 존재도 완전히 비난받기만 해서는 안 된다고 생각한다. 그래서 때때로 데이지를 편들어주고 싶은 마음이 든다.

데이지는 그리 고상하지는 않다. 화려한 영국제 셔츠 더미를 보고 "너무 아름다워서 너무 슬프다"고 흐느껴 울 만큼 감각에 도취되는 사람이다. 피츠제럴드의 표현대로라면 "힘겹게 살아가는 가난한 사람들과는 무관하게 안전하고 오만한 그녀"다. 개츠비가 있든 없든 데이지는 그런 사람이다. 그에 비해 개츠비는 한 여자에 대한 순정을 간직한 남자다. 그 순수한 감정과 애정은 처음부터 끝까지 달라지지 않는다. 오직 다시 만날 데이지를 그리며 그녀에 관한 기사를 스크랩하고, 부를 축적하고, 집을 사고, 파티를 열고, 끝내 목숨까지 버리는 사람이다. 이러니 혹시라도 독자가 개츠비에 자신을 이입한다면 '데이지 네가 대체 뭔데' 하는 짜증이 솟구칠 만도 하다. 하지만 데이지는 개츠비에게 무한한 가치였다. 그 가치는 개츠비가 정한 거였다.

돌아보면 거의 오 년의 세월이었다! 그날 오후만 해도, 눈앞의 데이지가 그가 꿈꾸어왔던 데이지에 턱없이 못 미치는 순간이 분명히 있었을 것이다. 그녀의 잘못은 아닐 것이다. 오래도록 품어왔

> 던 너무나도 어마어마한, 환상의 생생함 때문이다. 그것은 그녀를 넘어서고, 모든 것을 넘어섰다. 그는 독보적인 열정을 가지고 그 환상 속에 뛰어들어, 하루하루 그것을 부풀리고 자신의 길에 날리는 온갖 밝은 깃털로 장식해왔던 것이다. 아무리 큰 불도, 그 어떤 생생함도, 한 남자가 자신의 고독한 영혼에 쌓아올린 것에 견줄 수 없다._119쪽

한 남자로부터 무한한 사랑을 받는 '안전하고 오만한safe and proud' 데이지는 냉소의 대상인 동시에 부러움의 대상이다. 영화 「위대한 개츠비」를 만든 바즈 루어만 감독은 잡지 『보그』와의 인터뷰에서 이렇게 말했다. "모든 사람들의 마음속에는 데이지 뷰캐넌이 살고 있습니다. 스칼렛 오하라처럼 말이에요." 의식적으로는 비난해도, 무의식적으로는 원한다는 것이다. 단순하고, 자기중심적이고, 화려하게 살고 싶은 욕망을 말이다. 루어만 감독은 "정말 민감한 주제"라고 덧붙였다. 우리는 쉽게 그런 욕망을 드러낼 수 없다. 나 역시 데이지처럼 안전하고 오만하고 싶을 때가 있다. 초라하고 불안하기보다 화려하고 안전한 영역에서 흔들리지 않는 삶을 살고 싶다는 바람이 생긴다. 남 눈치를 보면서 전전긍긍해야 한다면 차라리 오만한 태도로 나를 보호하고 싶어질 때가 있다. '받기만 하는 사랑'에 대한 환상 또한 왜 없겠는가. 다만 괜찮은 사람들은 이성으로 분별하고 있을 뿐

이다.

나는 지금 데이지를 이해해보려는 것이다. 왜 정교한 교양의 힘으로 더 좋은 사람이 되지 못했느냐고 비난하지 않는 것이다. 개츠비는 데이지를 알고 있었다. 그녀가 화려함을 추종하고 사랑받기를 갈구하는 사람이라는 것을 말이다. 그리고 그런 그녀를 사랑했다. 그래서 5년 만에 나타나 데이지가 좋아하는 것으로 그녀를 다시 유혹한다. 자신이 가진 엄청난 부가 모두 그녀를 위한 것이라고 속삭인다. 성숙하지 못한 데이지는 흔들린다. 개츠비는 데이지의 남편인 톰에게 "내가 가난했기 때문에 데이지가 당신하고 결혼한 것"이라며 "마음으로는 나 말고 아무도 사랑한 적이 없다"고 확신에 차서 떠벌린다.

하지만 데이지는 현실적인 여자다. 자기 자신에 대해 잘 안다는 장점도 있다. 그녀는 개츠비에게 "(남편인) 톰을 사랑한 적이 없었다고는 말할 수 없다"고 정리한다. 뒤늦게 너무 많은 걸 요구하는 건 개츠비다. 데이지의 진심이 개츠비의 진심보다 폄하될 이유는 없다. 어쩌면 데이지야말로 개츠비의 무모한 꿈에 의해 희생되고 있는지도 모른다. 개츠비를 사랑하는 독자에게 데이지는 얼마쯤은 억울하게 읽히고 있다.

폴란드 출신의 화가, 타마라 드 렘피카Tamara de Lempicka는 1918년 프랑스 파리로 이주해 본격적으로 예술활동을 시작했

타마라 드 렘피카, 「핑크색 옷을 입은 키제트」, 캔버스에 유채, 116x73cm, 1926, 낭트미술관

다. 1920~30년대 당시 유행했던 아르데코 스타일로 그리면서 '부드러운 입체주의soft cubism'를 발전시켰다. 기하학적이면서도 부드럽게 도상을 표현했고, 야수주의 영향을 받아 강렬한 색채를 썼다. 주로 검정색과 회색, 녹색을 많이 사용했다. 렘피카가 그린 「녹색 부가티를 탄 자화상」은 제1차세계대전 이후 진보적이고 독립적인 '신여성'을 표현한 것으로 특히 유명하다. 렘피카는 대부분 짧은 커트 머리와 직선적 실루엣의 원피스 차림을 한 여성들을 그렸는데, 꼭 영화 속 데이지를 연상시킨다.

「핑크색 옷을 입은 키제트」는 렘피카가 자신의 딸을 그린 것이다. 나는 렘피카 그림 중에서도 이 그림이 유독 좋은데 '눈에 보이는 여우짓'이 귀여워서다. 키제트는 한쪽 신발이 없다는 사실을 숨기려 애쓰고 있다. 양말만 신은 왼발을 오른발 뒤로 은근슬쩍 감추고 있는데 그 모습이 되려 천진하게 느껴진다. 게다가 묵직한 책 한 권을 펼쳐 들고 유혹적인 포즈를 취하고 있다. 독서가 스타일은 아닌 것 같고, 지적인 이미지를 꾸며낸 듯하다. 아무튼 데이지가 어렸을 때 꼭 저런 아이였을 것 같다. 영악하고도 천진한 여우과, 그래서 때로는 바보 같아지는. 사람은 누구나 모순적인 면이 있는 법이다.

작정하고 데이지를 위해주다보니, 내가 개츠비를 싫어한다고 오해받을 수도 있을 것 같다. 그렇지 않다. 나는 개츠비를 좋아한다. 꿈과 목표를 사랑으로 착각했든, 혹은 그 반대든 삶을 향한 열정은 감동적이다. 아쉬운 점이 있다면 지상의 낭만을 추구했던 데이지와 다르게, 개츠비는 천상의 낭만을 꿈꿨다는 것이다.

슬픈 사랑 이야기

『운영전/영영전』, 최성윤 옮김
서연비람, 2019

영국 빅토리아시대 라파엘전파 화가, 에드워드 번존스Edward Burne-Jones가 그린 「마리아 잠바코의 초상」을 보다가 잠바코가 보던 책이 뭐였을까 궁금해졌다. 책 속에 그림이 보이는데 무슨 그림일까 싶었다. 검색창을 뒤져 찾아보았더니 책 속에 담긴 그림은 「사랑의 노래」라는 작품이다. 번존스가 잠바코의 초상화를 그리기 5년 전에 그렸던 작품이란다. 그러니까 그림 속에 자신의 작품을 또 그려넣은 셈이다. 번존스는 잠바코가 자신과의 사랑을 오래오래 잊지 않고 간직해주길 바라는 마음을 '그림 속 그림'으로 표현했다.

석양이 질 무렵 부드러운 바람이 분다. 오르간을 연주하고 있는 여인의 머리카락이 바람결에 날린다. 화살통을 맨 큐피드

에드워드 번존스, 「마리아 잠바코의 초상」, 캔버스에 구아슈, 76.3x55cm, 1870, 노이스 클레멘스젤스박물관

에드워드 번존스, 「사랑의 노래」, 캔버스에 유채, 114.3x155.9cm, 1868~77, 뉴욕 메트로폴리탄미술관

와 여인에게 취한 남자가 오르간 선율을 하염없이 감상하고 있다. 꿈결처럼 아련한 한때. 한 비평가는 번존스가 그린 「사랑의 노래」를 두고 "어떤 이야기도 추측할 수 없지만 모든 걸 느낄 수 있다"고 말했다. 그림은 프랑스 브르타뉴 지방의 민요 후렴구에서 영감을 받아 그렸다고 전한다.

아, 나는 사랑 노래를 안다네
슬픔과 기쁨이 끝없이 교차하는

잠바코는 번존스에게 영감을 주는 뮤즈였고 연인이었다. 하지만 아내가 있었던 번존스는 잠바코와 이루어질 수 없는 사랑을 했다. 초상화는 잠바코가 원한 이별 선물이었다. 그림 속 잠바코의 눈빛이 유독 애처로운 이유다. 아니, 어쩌면 번존스가 그런 눈으로 잠바코를 바라봤던 건지도 모르겠다. '사랑의 신' 큐피드가 잘못 쏜 화살이었을까. 큐피드 얼굴에서 미안한 기색이 엿보인다. 잠바코의 어깨너머로 보이는 푸른 수선화는 순수를 상징한다. 그녀가 손에 쥐고 있는 새하얀 박하꽃은 관능과 열정의 의미다. 헤어지면서도 사랑하고 있었던 번존스가 책 속 그림과 박하꽃으로 사모하는 마음을 정성껏 남겨둔 것 같다.

그림 속 그림을 보노라니 이야기 속 이야기 한편이 떠오른다. 번존스와 잠바코처럼 슬픈 사랑을 하는 이야기다. 우리 고전문학 『운영전』인데, 다만 누가 지었는지는 모른다. 이야기 속에 또다른 이야기가 있는 양식을 액자소설이라고 한다. 학창 시절에 액자소설에 대해 배웠다. 하지만 대표적 꿈 문학 『구운몽』은 기억이 나는데 『운영전』의 내용은 기억나지 않았다. 사랑 이야기가 좋다는 딸 서윤이가 종종 『운영전』 얘기를 꺼내는 바람에 일부러 다시 책을 찾아봤는데, 의외로 멋들어진 시와 고운 문장들이 많아서 꽤 여운이 남았다. 『운영전』은 1600년대에 사는 주인공 유영이 꿈속에서 1400년대에 살았던 운영과 김 진사의 사랑 이야기를 듣는 이야기다.

> 멀리 바라보니 푸른 안개 아스라해지는데,
> 아름다운 사람은 비단 짜기를 멈추는구나
> 바람을 마주하여 홀로 슬퍼하는 마음은
> 날아올라 무산에 가서 떨어지리라._37쪽

운영은 세종의 셋째 아들 안평대군이 수성궁에서 직접 학문과 시를 가르친 아름다운 궁녀 열 명 중 한 사람이다. 안평대군은 운영이 누군가를 그리워하면서 시를 썼다는 걸 눈치챘다. 그리고 "과연 누구를 그리워하는지 마땅히 캐물어야 하겠으나 그

재주를 아까워하여 오늘은 그냥 덮어두겠다"고 말한다. 궁녀는 주군을 향한 충성이 아니라면, 누구에게도 마음을 품어서는 안 되었다. 한번 들어온 이상 평생 궁 밖으로 나갈 수도 없었다. 그런 운영이 사랑하게 된 사람은 글 쓰는 선비, 김 진사였다. 김 진사의 글은 당대 최고 문인이었던 안평대군도 경탄할 수준이었다. 안평대군은 김 진사를 불러 시를 짓게 하곤 했다. 운영은 김 진사가 궁에 와서 시를 지을 때마다 벼루에 먹을 갈았다. 어느 날 김 진사가 쥔 붓끝에서 먹물 한 방울이 튀어 운영의 손가락에 떨어졌다. 애틋하고 말 못할 인연의 시작이었다.

> "먹물 한 방울의 인연으로 맺어져 서로 그리워한 나날이 며칠이나 되며, 한 번 만난 이후 몇 번이나 더 만날 수 있었던가요…… 온 정성을 다해 기도하고 지극한 마음으로 소원을 빌면 이 세상에서 우리가 못다 이룬 인연을 후생에서라도 다시 이을 수 있지 않을까 합니다."_116쪽

금기를 깬 운영은 결국 스스로 목숨을 버리는 선택을 한다. 김 진사도 운영 없이 살 수 없어 그 뒤를 따른다. 유영은 그렇게 슬픈 사랑 이야기를 꿈속에서 들었다. 깨고 보니 꿈에서 들었던 이야기가 담긴 책이 곁에 남아 있었다. 유영은 평소에는 그 책을 상자 깊숙이 넣어뒀다. 그리고 "때때로 쓸쓸하고 세상일이

허망하게 느껴지는 날" 꺼내어 읽어보고 슬픔에 빠지곤 했다. 알다시피, 슬픈 이야기도 우리를 위로한다. 그래서 누군가가 지어서 오래 전해지는 것이리라.

비비언 리가 읽었던 책

『무너져 내리다』, 프랜시스 스콧 피츠제럴드
김보영 옮김, 이소노미아, 2020

영국 출신 무대·의상 디자이너였던 로저 퍼스Roger Furse가 수채화로 그린 비비언 리의 초상이 있다. 1941년에 그렸고, 2017년 9월 소더비 경매에 나온 것으로 확인된다. 날렵한 눈썹과 샤프한 콧날, 갸름한 턱선과 여리여리한 몸매. 비비언 리는 주먹 쥔 손으로 머리를 받치고 책을 읽고 있다. 예민해 보여 말 걸기가 어렵게 느껴진다. 그녀 옆에 있는 반려묘 '티시'도 날카로워 보이기는 마찬가지다. 좌우 눈 색깔이 녹색과 청록색으로 다른 게 특이하다. 어쨌거나 좋아하는 사람이 책을 읽는 모습은 내게 감흥을 준다. 비비언 리는 내가 좋아하는 배우다. 무슨 책을 읽고 있었을까. 궁금하다. 내가 안 읽은 책이라면 따라 읽어볼 텐데.

앨런 스트라컨이 쓴 비비언 리의 전기 『다크 스타Dark Star : A

로저 퍼스, 「티시와 함께 책 읽는 비비언 리」, 종이에 수채, 펜·잉크·연필, 40x35cm, 1941, 개인 소장

Biography Of Vivien Leigh』를 읽다가 그녀가 스콧 피츠제럴드의 자전 에세이 『무너져 내리다』를 읽었다는 사실을 알게 됐다. 퍼스가 초상화를 그린 시기가 그녀가 출연한 영화 「바람과 함께 사라지다」가 제작되고 2년 후 즈음이다. 그리고 피츠제럴드의 에세이는 그림보다 약 5년 앞서 발표됐다. 그렇다면 초상화 속 비비언 리가 읽고 있던 책이 『무너져 내리다』였을 가능성도 전혀 없진 않다. 그녀는 책을 좋아하는 다독가였다. 할리우드 스타 배우가 견뎌야 했을 스트레스를 좋아하는 작가의 에세이로 달래고 있었을 수도.

비비언 리는 오랫동안 조울증을 앓았다. 역시 자기처럼 정신적 고통을 겪었던 피츠제럴드에게 동병상련을 느꼈을 것 같다. 비비언 리도 피츠제럴드처럼 술 마시기를 즐겼으니, 두 사람은 공통점이 많다. 『무너져 내리다』는 피츠제럴드의 자기 고백이다. 생의 정점에 올랐다가 전락하는 일, 두려움과 자기 연민, 재기에 대한 간절한 열망이 담겨 있다.

> "물론 모든 삶은 무너져가는 하나의 과정이라고 할 수 있겠지요. 그러나 외부로부터 갑작스럽게 날아온 펀치는 크고 강한 충격을 남기기 때문에 당신에게 오래 기억될 수밖에 없습니다. (……) 모름지기 최고의 지성을 지닌 사람이라면 마음속에 전혀 다른 두 가지 생각을 동시에 품고 있으면서도 꿋꿋하게 버틸 수 있어야 합니

다. 절망적인 상황을 볼 수 있으면서도 또한 그것을 돌려놓기 위해 단호하게 덤빌 수 있어야 해요. 젊은 시절 내 인생이 딱 그러했습니다."_22쪽

피츠제럴드는 대단한 성공을 거둔 데뷔작 『낙원의 이쪽』 이후로는 사는 동안 그만한 성과를 다시 내지 못했다. 5년 만에 발표한 『위대한 개츠비』도 사후에 인정받은 작품이다. 간절하게 재기를 꿈꾸며 내놨던 『밤은 부드러워』조차 대중은 외면했다. 피츠제럴드는 더이상 꿋꿋하게 버티기를 포기했다. 자신의 밑바닥까지 낱낱이 고하며 애정과 관심과 동정을 공개적으로 호소했다. 그렇게 쓴 글이 『무너져 내리다』였다.

피츠제럴드는 사실 콤플렉스로 점철된 인생을 살았다. 돈이 없다는 이유로 첫사랑과 헤어졌고, 두번째 연인이 생겼을 때도 가난이 걸림돌이 됐다. 그는 자신이 갖지 못한 것을 향한 오기와 야심을 원동력 삼아 살아왔다. 성공하기 위한 방편으로 글을 썼고, 정말로 큰 성공을 거두었다. 그리고 헤어졌던 두번째 연인, 젤다를 되찾았다. 하지만 피츠제럴드의 아내가 된 젤다는 안타깝게도 오래도록 정신병을 앓게 된다. (그녀는 종종 『위대한 개츠비』 속 '데이지 뷰캐넌'에 비유된다.) 피츠제럴드는 젤다의 치료비를 감당하기 위해서라도 재기에 성공해야 하는 처지였다.

"어느 날 그 아가씨는 아무렇지도 않게 사랑을 끝내버렸습니다. 절망 속에서 나는 기나긴 여름 동안 편지 대신 소설을 썼고, 그게 성공했습니다. 완전히 다른 이유의 성공이었지요. 주머니가 두둑해진 남자는 1년 후에 그 아가씨와 결혼에 성공했지만 항상 유한계급에 대한 강한 불신과 적대감을 품고 있었습니다. (……) 그렇게 16년을 보냈습니다. 부자를 혐오하는 동시에 그들을 모방하기 위해 기동성과 품격을 갖추려고 기를 쓰고 돈을 벌었지요."_36~37쪽

작가는 명성을 되찾고자 노골적으로 호소했으나 독자들의 마음은 더 멀리 달아났다. 작가는 제 속살을 드러내며 공감을 기대했으나, 대중은 오히려 반감을 느꼈다. 피츠제럴드의 '완전한 솔직함'은 환영받지 못하고 추한 가십거리로 전락했다. 사람들은 무너진 셀럽을 동정하지 않았다. 우상이 기대를 저버리자 사람들은 떠나갔다. 피츠제럴드의 친구였던 헤밍웨이는 절망적인 사생활을 글로 썼던 그를 어리석다고 비판했다. 나이 스물넷에 데뷔작으로 큰 성공을 맛보았던 피츠제럴드는 적어도 마흔아홉이 될 때까지는 제 인생이 괜찮을 거라고 낙관했으나 빗나간 예상이었다. 자아가 흔들리자 인생은 속절없이 무너져내렸다. 그는 재기하지 못한 채 마흔넷에 세상을 떠났다.

우리는 모두 기대받는 존재들이다. 누구에게나 자신을 보여줘야 하는 사람들이 있다. 누구도 자신에게 기대하는 사람들을 실망시키고 싶지 않다. 하지만 불완전한 인간은 자주 휘청인다. 들키지 않으려고 남몰래 무너지고 남몰래 일어선다. 애쓰며 살지만 늘 쉬운 건 아니다. 절망적인 사생활을 글로 썼던 피츠제럴드를 나무랐던 헤밍웨이는 결국 스스로 목숨을 끊었다. 보여줘야 하는 모습과 보여줄 수 없는 모습 사이에서 끊임없이 방황했던 건 아니었을까. 결국 무너지는 사람들을 보는 건 마음 아픈 일이다. 빛났던 삶도 그늘 속으로 사라진다는 사실이 허망하다.

하지만 또 달리 생각해보기로 한다. 그리 두려울 건 없다. 피츠제럴드에 따르면 "모든 삶은 무너져가는 하나의 과정"이다. Living and Dying. 우리는 어차피 살아가면서 죽어간다. 회의적인가? 오히려 그 반대다. 희망적이라고 생각한다. 인간사가 예외 없이 그러하니 그저 담담해지면 될 일이다.

비비언 리는 자신의 신경증이 외부에 알려질까 두려워 병원에 가지 않고 병을 키웠다. 괜찮지 않을 때에도 괜찮은 척했던 이유는, 자신에 대한 기대와 사랑을 잃고 싶지 않았기 때문이겠지……. 그녀는 끝내 회복하지 못했다. 불행 앞에서 조금은 느긋하고 담담했더라면 좋았을 것이다.

사랑이 표현하게 한다

『자기 앞의 생』, 에밀 아자르
용경식 옮김, 문학동네, 2003

> 하밀 할아버지가 노망이 들기 전에 한 말이 맞는 것 같다. 사람은 사랑할 사람 없이는 살 수 없다. 그러나 나는 여러분에게 아무것도 약속할 수 없다. 더 두고 봐야 할 것이다. 나는 로자 아줌마를 사랑했고, 아직도 그녀가 보고 싶다. 하지만 이 집 아이들이 조르니 당분간은 함께 있고 싶다. (……) 사랑해야 한다._307쪽

로맹 가리가 '에밀 아자르'라는 필명으로 썼던 『자기 앞의 생』의 마지막 대목이다. "사랑할 사람 없이는 살 수 없다"는 말보다 "아직도 보고 싶다"는 말에 가슴이 철렁했다. 서로에게 좋은 사람이 된다는 건 결국 슬픈 일이다. 이별하게 되는 날 마음이 아파질 테니까. 만날 수 없어도 보고 싶은 날이 있을 테니까. 만남이 있으면 헤어짐이 있다. 사랑은 유예된 이별이다.

로자 아줌마가 모모 곁을 떠났다. 이제 아줌마는 세상에 없다. 그동안 아줌마는 모모가 애착을 느꼈던 거의 유일한 존재였다. 모모는 지금 열네 살이다. 하지만 로자 아줌마 때문에 자신이 열 살인 줄 알고 지냈다. 아줌마가 더 오래 돌봐주고 싶어서 모모의 나이를 낮춰 말해준 것이었다. 아줌마는 폴란드 태생의 유대인이다. 아우슈비츠에 강제 수용됐었고, 이후엔 몸을 팔아 먹고살았다. 모모처럼, 창녀들이 낳은 아이들을 맡아 길러줬다. 아줌마가 제일 무서워하는 건 암이고, 몸무게는 95킬로그램쯤 되고, 머리카락이 빠졌다. 아줌마는 뇌혈증을 앓게 되면서 식물인간이 될 거라고 선고받았다. 모모는 아줌마가 병원에서 식물인간으로 삶을 끝내고 싶어하지 않는다는 걸 누구보다 잘 알고 있었다. 그래서 죽음을 앞둔 아줌마를 지하실로 데려가 숨겨준다. 환자복 대신 울긋불긋한 기모노를 입혀줬고, 향수를 뿌려줬으며, 화장도 해줬다. 로자 아줌마가 '자연의 법칙'을 거스를 수 있도록 힘껏 도왔다. 그게 아줌마가 원하는 것이었기 때문이다. 모모는 아줌마가 남은 생에서 원하는 만큼 자신을 아름답게 표현할 수 있도록 돕는 게 제가 할 일이라고 여겼다. 정말 사랑하면 원하는 걸 해주게 된다. 모모는 제게 사랑을 줬던, 자신이 사랑했던 로자 아줌마의 여생을 그렇게 밝혀줬다. 모모가 아니고선 누구도 할 수 없는 일이었다.

『자기 앞의 생』에서 "사랑할 사람 없이는 살 수 없다"고 했던 로맹 가리는 5년 후에 스스로 목숨을 끊었다. 1980년 12월 2일, 유서에는 "마침내 나 자신을 완전히 표현했다"는 말을 남겼다. 영화배우이자 연인이었던 진 시버그가 죽은 지 1년여 만이었다. 진의 죽음과 자신의 자살은 아무런 상관이 없다고 밝혀뒀지만, 사랑했던 이의 죽음은 분명 상처로 남았을 것이다. 자신을 완전히 표현한다는 건 어떤 것이며, 무엇이 그걸 가능하게 했던 걸까. 문득 생각이 꼬리를 문다. 작가의 삶을 곱씹어본다.

로맹 가리는 러시아 이민자의 아들이었다. 프랑스 땅에 정착해 마침내 프랑스 대사가 되기까지 로맹은 어머니의 맹목적이고 희생적인 사랑 안에서 안락했다. 당뇨 환자였던 어머니는 쉬지 않고 일했고 자신은 굶어도 어린 아들에게는 늘 고기반찬을 줬다. 무명 시절에는 문학적 동지였던 연상의 연인이 있었다. 로맹 가리에게 문학과 글쓰기는 삶을 사는 방식이었다. 자신에게 그토록 중요한 것을 함께 나눌 수 있는 그 연인이 레슬리 블랜치였다. 그는 그녀와 함께라면 단어 하나, 문장 한 줄을 놓고도 몇 시간 동안 대화할 수 있었다. 그는 그녀로부터 문학적 자양분을 얻었다.

레슬리와 달리, 아이처럼 천진난만한 어린 연인은 또다른 사랑이었다. 로맹 가리는 진 시버그에게 마냥 너그러운 사랑을 베풀었다. 교감하기보다 영감을 주고받는 사랑이었다. 로맹은 진

메리 커샛, 「읽기 수업」, 캔버스에 유채, c.1901 댈러스미술관

과의 사랑을 주도했다. 그는 그녀에게 도스토옙스키와 발자크와 플로베르를 알려줬고, 그녀는 그의 안내를 따라 책을 읽었다. 로맹 가리는 이처럼 사는 내내 충분히 사랑받고 열정적으로 사랑했다. 어머니와 문학과 연인을 향한 사랑을 원동력으로 자신을 표현한 생이었다.

막 『자기 앞의 생』을 읽은 뒤여서인지 그림 속 두 사람이 로자 아줌마와 모모를 연상시킨다. 미국 인상주의 화가 메리 커샛Mary Cassatt이 그린 「읽기 수업」이다. 어른과 아이가 함께 책을 읽고 있다. 커샛이 엄마와 아이를 즐겨 그렸던 만큼 그림 속 여성은 아이의 엄마일 수도 있다. 물론 남자아이 모모의 모습은 분홍색 리본핀을 꽂은 여자아이와는 다를 것이다. 하지만 그림을 보노라면 로자 아줌마가 모모에게 글을 가르쳐주는 장면을 상상하게 된다. 소설 속에는 없는 장면이다. 다만 소설 속에서 모모는 언젠가는 책을 쓰겠다는 꿈을 갖고 있다. 빅토르 위고처럼 '불쌍한 사람들'에 대한 이야기를 쓰겠다고 다짐하곤 한다. 소설에서 생략된 장면을 대신 채워본다. 모모가 글을 깨치기 전까지 로자 아줌마가 저렇게 곁에서 책을 읽어줬겠지…… 나중에 모모가 혼자서 책을 읽을 수 있도록 저렇게 가르쳐줬겠지…… 로자 아줌마에게 글을 배운 모모는 그래서 자신을 더욱 온전히 표현할 수 있었겠지……. 마침내 어른이 되면 『레미제

라블』 같은 책을 써서 세상을 향해 자신이 하고 싶은 말을 하게 될 것이다. 사랑은 언제나 표현을 돕는다.

왠지 그림 속 어른과 아이에게 남아 있을 생의 길이를 비교하게 된다. 사랑을 주었던 어른이 먼저 떠나가면 사랑을 받았던 아이는 슬플 것이다. 그럼에도 살면서 주고받은 사랑은 나를 표현하는 데 밑거름이 된다. 좋은 사랑은 여생을 밝힌다. 생의 난해함을 풀어주는 건 많은 경우 사랑이다. 로자 아줌마는 모모 앞의 남은 생에서 영원히 살아 있을 것이다. 로맹 가리는 그런 사랑을 표현했던 게 아닐까.

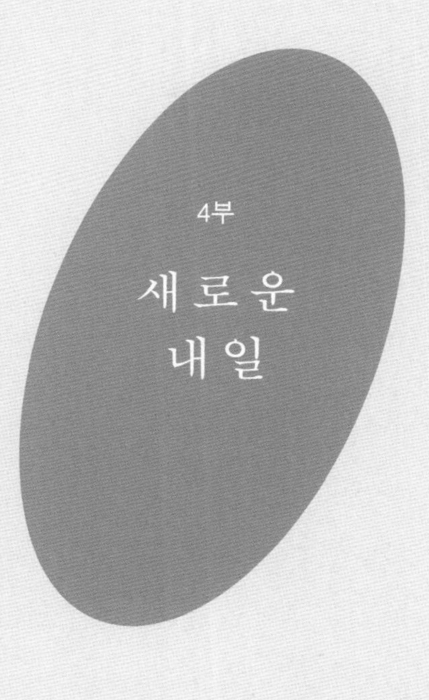

4부

새로운 내일

'심술궂은 빨강'이 찾아오는 날에는

『티파니에서 아침을』, 트루먼 커포티
박현주 옮김, 시공사, 2013

나는 잡지, 정확히 말해서 '패션 잡지' 보기를 매우 즐긴다. 대단한 패션 피플도 아니고, 잡지 속을 한가득 메운 화려한 명품이나 고가의 보석을 사려는 목적이 있는 것도 아니지만, 광택이 흐르는 종이 위에 프린트된 현란한 이미지들을 들여다보노라면 마치 예쁜 꿈속을 유영하는 기분이 들기 때문이다. 패션 잡지는 대체로 환상적이다.

트루먼 커포티가 쓴 『티파니에서 아침을』에서 남편 닥 골라이틀리는 아내 홀리 골라이틀리가 집을 떠난 건 잡지가 준 환상 때문이라고 말한다. 결혼할 때 홀리는 열네 살이었는데 곧 도망갔다. 닥은 벌써 5년째 홀리를 찾아다니고 있다. 홀리는 이제 열아홉, 닥은 적어도 중년이겠다. 홀리가 자신과 함께 살던 텍

새뮤얼 멜턴 피셔, 「책 읽는 어린 여인」, 캔버스에 유채, 1902

사스를 떠나 뉴욕으로 가버린 건 분명 잡지를 많이 본 탓이라고 닥은 믿고 있다. 잡지 속 화려한 사진과 꿈같은 얘기가 홀리를 유혹했다는 것이다. 홀리는 정말 잡지를 보다 집을 떠났을까?

그녀가 잡지 속 욕망에 탐닉했을 순간을 그려본다. 아마도 19세기 영국 빅토리아시대 화가, 새뮤얼 멜턴 피셔Samuel Melton Fisher가 그린 어린 여인의 모습과 비슷하지 않았을까? 꽃향기 그윽한 방 안에서 두툼한 쿠션에 머리를 기대고 꿈같은 이야기에 한없이 도취되는 시간. 꽃과 쿠션의 화려한 붉은색이 이미 방랑중인 그녀의 마음을 대변하는 듯하다. 그러던 어느 날 또다른 세상을 향한 동경심이 폭발했겠지. 홀리가 소박한 시골 마을을 벗어나 화려한 도시 속으로 걸어들어가게 된 건 정말 잡지 때문이었을지도 모르겠다.

뉴욕에 입성한 홀리는 낯선 도시에서 불안하고 두려워질 때마다 5번가를 찾아간다. 뉴욕에서도 가장 고급스럽고 화려한 곳. 그곳에는 눈부신 보석 매장 '티파니'가 있다. 꿈을 찾아 떠난 길에서 불쑥 찾아드는 한없는 불안과 두려움. 그렇게 꿈틀대는 근원 모를 감정에 홀리는 직접 이름을 붙였다. '심술궂은 빨강The mean reds'이라고. 심술궂은 빨강이 찾아오는 날이면 홀리는 무조건 티파니 매장으로 갔다. 견디기 힘든 순간을 견디기 위한 셀프처방이다. 현실의 두려움을 장밋빛 꿈으로 덮는 처방.

"내가 찾아낸 방법 중에 가장 효과적인 건 그저 택시를 잡아타고 티파니에 가는 거예요. 그러면 즉시 마음이 가라앉죠. 그 고요하고 당당한 모습을 보면요. 거기선 끔찍한 일은 벌어질 것 같지 않아요. 그렇게 멋진 양복을 입은 친절한 남자들이 있고 은과 악어가죽 지갑 냄새가 사랑스러운 곳에서는 아니겠죠. 티파니와 같은 기분이 드는 현실의 장소를 찾는다면 가구도 사고 고양이에게 이름도 붙일 거예요."_55쪽

홀리는 뉴욕에서 아직 정착하지 못했다. 아직 원하는 만큼 성공한 것도 아니고, 원하는 대로 살고 있지도 않다. 명함에 '여행중'이라고 박아둔 것도 그 때문이다. 지금 사는 집도 잠시 머무는 곳, 여행가방 역시 풀지 않고 쌓아둔 채다. 언제든 떠날 수 있도록. 자신은 누구의 소유도 아니다. 독립적인 존재다. 이렇게 믿고 있는 건 사랑할 사람을 아직 만나지 못한 탓도 있다. 마음이 정착할 만큼 좋은 사람이 없다. 홀리는 여전히 완성되지 않았다. 그래서 함께 사는 고양이에게 이름도 지어주지 않는다. 자신이 미완성이기에 그럴 권리가 없다고 생각한다.

그녀가 자유분방하게 사는 건 아직 어느 곳에도 정착하지 못했다는 사실을 외면하는 방식이다. 자신을 여행자로 여기며 스스로를 규정하지 않는다. 자신을 규정짓지 않는 건 사실 규정하지 못하는 것이며 규정하지 못하는 이유는 아직 자신을 온전히

모르기 때문이다. 아직 꿈을 실현하지 못한 사람은 단지 꿈을 꾸고 있다는 것만으로는 아무것도 확신할 수 없다. 자신을 증명할 수가 없다.

트루먼 커포티가 1958년에 발표한 『티파니에서 아침을』을 처음 읽었던 때는 2013년 여름이었다. 여름휴가를 며칠 앞둔 어느 날, 서점을 둘러보다가 핑크색 표지에 커포티 사진이 박힌 신간을 발견하고 반가운 마음에 덥석 샀다. 가족과 함께 떠난 국내 휴가지에서 읽었는데, 이상하게도 어느 지역이었는지는 잘 떠오르지 않는다. 리조트의 새하얀 침대 시트 위에서 핑크색 표지의 이 책을 읽어내려갔던 기억만 생생하게 남아 있다. 오드리 헵번이 나온 동명의 영화를 본 건 대학생 때였다. 블레이크 에드워즈 감독의 1961년 작품. 소설 속 홀리의 캐릭터가 반영되긴 했지만, 영화는 보다 로맨틱하다. 남자 주인공 폴 바젝과 홀리 사이의 연애 감정이 부각되어 있다.

오드리 헵번이 티파니 매장 앞에서 커피와 크루아상을 먹는 모습은 열망을 버리지 않은 모든 이들의 자화상이다. 유리창 너머로 진열된 보석을 동경하지만 아직은 내 것이 아니다. 홀리가 창턱에 걸터앉아 기타를 치며 부르던 노래 「문 리버Moon River」도 방랑자들의 주제가다. 더 많은 세상을 보고 싶어 꿈꾸며 부르는 노래다(소설에서는 크루아상이나 「문 리버」가 언급되지는 않는다). 나는 이 영화를 보고 크루아상을 더 좋아하게 됐고, 「문 리버」를 즐겨 듣게 되었다.

소설에서 홀리는 피카윤이라는 담배를 피우고, 코티지치즈와 멜바 토스트를 먹는다. 나는 담배는 피우지 않으니, 멜바 토스트를 따라 먹었다. 멜바 토스트는 식빵을 얇게 잘라 구워낸 비스킷 종류다. 단백질 함량이 높고 식이섬유가 풍부한 건강 간식(?)쯤 된다. 멜바 토스트를 먹으면 어쩐지 홀리처럼 '세련되게 마른 몸매'를 가질 수 있을 것 같았다. 소설에서도 영화에서도 홀리는 기타를 친다. 나의 버킷 리스트 중 하나가 기타 배우기인데, 나도 홀리처럼 샤워 후에 기타를 뚱땅거리면서 젖은 머리를 말리고 싶다. 나는 잡지를 읽으며 화려한 꿈을 꾸는 홀리를 이해할 수 있다.

괜스레 울적한 기분이 들면 나는 『티파니에서 아침을』을 보곤 한다. 영화도 좋고 책도 좋다. '심술궂은 빨강'이 찾아올 때 티파니 매장을 찾아가는 홀리처럼, 나는 책과 영화를 찾는다. 서점과 미술관과 아침에 마시는 샴페인이 나의 '티파니'다. 꿈을 꾸는 동안 중요한 건 힘들 때 자신을 달래주는 무언가다. 지치지 않고 꿋꿋하려면 자신만의 티파니를 직접 찾아두는 게 좋다. 바람과 소망을 이루는 일은 신의 영역일지라도, 노력하는 동안 자신을 다독이는 건 스스로 할 일이다. '심술궂은 빨강'이 찾아오면 먹히기 전에 탈출해야 한다. 지금 당장 좋아지려는 시도! 좋은 게 좋은 걸 끌어당기는 법이니까.

> "좋은 일은 내가 좋은 사람일 때만 일어난다는 거예요. (……) 단순히 정직하다는 뜻이 아니에요. (……) 그런 것 말고, 너 자신에게 충실하라는 식의 정직 말이에요."_118쪽

P.S.

소설 속에서 홀리는 자신이 제일 좋아하는 작품으로 『폭풍의 언덕』을 꼽는다. 에밀리 브론테가 쓴 원작 소설을 영화로 만든 걸 "열 번은 봤다"고 말한다. 히스클리프와 캐서린의 격정적이고도 파멸적인 사랑. 홀리는 "얼마나 울었는지 모른다"고 털어놓는다. 나는 그녀가 이 소설에 그토록 빠져든 이유를 알 것 같다. 『폭풍의 언덕』도 결국은 가진 것 없는 히스클리프가 '동경하는 세상'을 품으면서 시작된 이야기였으니까. 홀리는 방황하는 히스클리프를 자신만큼 애처로이 여겼을 것 같다.

가난뱅이를 때려눕히자!

『코코 샤넬』, 론다 개어릭
성소희 옮김, 을유문화사, 2020

2019년 5월 말, 그러니까 코로나가 창궐하기 전, 세상이 지금보다 자유롭던 시절에 나는 동생과 둘이서 프랑스 파리를 여행했다. 돌아보니 참 행복했던 시간이 아니었나 싶다. 벌써 3년 가까이 흘렀는데 그때가 파리에 대한 마지막 기억이라니…… '적어도 일 년에 한 번쯤은 예사로 파리에 다녀오는 삶'을 로망으로 간직하고 있는 나로서는 눈에 보이지도 않는 바이러스 따위가 우리의 발을 묶어두고 있다는 사실에 슬그머니 화가 치밀 지경이다. 갈 수 있지만 가지 않는 것과 갈 수 없게 되어 갈 생각조차 못하는 것에는 엄청난 차이가 있다. 전자는 스스로 자유를 보류하는 것이지만, 후자는 아예 희망을 차단당한 상태니까.

우리는 파리에서 마지막 반나절을 오랑주리미술관에서 보냈다. 모네의 '수련' 연작이 있고, 르누아르의 「피아노 치는 소녀

마리 로랑생, 「코코 샤넬의 초상」, 캔버스에 유채, 92x73cm, 1923, 파리 오랑주리미술관

들」이 있고, 마리 로랑생Marie Laurencin이 그린 「코코 샤넬의 초상」이 있는 곳이다. 로랑생이 그린 샤넬 초상화 앞에 서자 반갑고도 낯선 기분에 휩싸였다. 자신의 트레이드마크인 까만 단발머리를 한 샤넬의 눈빛이 무척 쓸쓸해 보였다. 곁에 있는 새와 강아지도 그녀의 외로움을 달래주지 못하고 있었다. 검푸른 배경이 그림의 느낌을 북돋웠다. 많은 걸 감추고 있으면서도 많은 걸 드러내고 있는 듯한…… 우리가 알고 있는 당당한 샤넬의 이미지와는 사뭇 다른 느낌의 초상이었다. 미술관 아트숍에서 파는 큼직한 복제본 포스터를 사왔지만 아직 돌돌 말린 채로 있다. 액자에 넣어두고 보기에는 어쩐지 슬픈 그림이라. 샤넬 내면의 고통을 표현했을 이 초상화는 그녀가 마흔 살 되던 1923년에 그려졌다.

> 샤넬은 유년 시절에 오랫동안 가난과 슬픔, 상실을 겪었고, 그 결과 샤넬이 만들어낸 스타일에는 언제나 침울하고 절제된 정서가 깃들어 있었다._160쪽

샤넬은 열두 살에 어머니를 여의었다. 아버지는 자식들을 버리고 도망갔고, 그녀는 수녀원에서 자랐다. 암울했던 유년 시절 이후로 샤넬은 죽을 때까지 신분 상승을 꿈꿨다. 패션디자이너로 성공해 세기의 아이콘이 되었지만, 자신이 소망했던 여자로

서의 행복만큼은 끝내 누리지 못했다. 그녀의 재능과 매력에 많은 남자들이 매료됐지만 태생이 미천한 그녀와 공식적 부부가 되는 걸 원하지 않았기 때문이다. 샤넬에게 가장 절절했던 평생의 사랑은 '보이 카펠'이었는데 1919년 교통사고로 숨진다. 그 후로 샤넬은 늘 가슴속에 헛헛함을 안고 살았다.

샤넬이 '보이'라는 애칭으로 불렸던 연인, 아서 에드워드 카펠은 석탄 운송업을 하던 영국의 재력가 출신이었다. 제1차세계대전 당시 영국과 프랑스 고위급 인사들과 두루 교유하면서 막후 외교역을 맡았던 야심찬 인사였다. 카펠은 샤넬에게 물질적, 정신적 후견인이었다. 그저 멜로드라마 유의 감상적 소설에만 빠져 있던 샤넬은 진보주의자였던 카펠의 영향으로 보다 수준 높은 문학과 예술에 눈뜨게 된다. 꽤 두꺼운 샤넬 전기를 탐독하면서 어쩌면 샤넬을 샤넬로 만든 사람은 카펠이었을 수도 있겠다고 생각했다. 실제로 샤넬은 카펠이 알려준 시 한 편에서 큰 영향을 받았다. 샤를 보들레르가 쓴 「가난뱅이를 때려눕히자!」였다.

> 카펠은 샤넬에게 시도 소개했다. 무엇보다도 샤를 보들레르가 1865년에 쓴 산문시 「가난뱅이를 때려눕히자!」를 알려주었다. 지금 읽어도 여전히 충격적인 이 짧은 산문시는 '가난할 수밖에 없는 사람'을 향한 너그러운 도덕성을 신랄하게 비판한다. (……) 샤

> 넬은 「가난뱅이를 때려눕히자!」를 읽자마자 시가 자기 인생을 우의적으로 이야기한다는 사실을 이해했다. 보들레르의 시에 등장하는 걸인처럼, 샤넬도 자기에게 해를 입힌 사람에게 적극적으로 복수해서, 특권층에게 자기가 똑같이 경제적 보상을 받을 가치가 있는 사람이라는 사실을 인정하라고 요구해서 세상에 충격을 주었다._136~137쪽

샤넬은 생전 인터뷰에서 "자신이 보들레르가 수동적 태도를 떨쳐내주려고 때려눕혔던 바로 그 가난뱅이였다"고 고백했다. 부와 성공을 원했던 샤넬은 시대와 태생의 한계를 극복하기 위해 언제나 자신을 혹독하게 단련해야 했던 것이다. 자비나 구원을 기대하기보다 전선에 나가 싸우고 쟁취했던 삶이었다. 샤넬은 사는 내내 이 시를 텍스트 삼아 판단하고 행동했던 것 같다. 나는 서가를 뒤져 시를 찾아 읽었다. "자유를 정복할 줄 아는 자만이 자유를 누릴 가치가 있다"는 시구가 눈에 들어왔다.

내 안에서도 '가난뱅이'가 고개를 쳐들 때가 있다. 내가 나를 연민하고 누군가에게 기대고 싶어질 때다. 나의 약한 곳, 아픈 곳을 보호하려다보면 어느새 약하고 아픈 게 나의 전부가 되어버린다. 그럼 나는 정말로 가난해진다. 나는 가난해지고 싶지 않다. 그래서 애당초 그 가난뱅이에게 자리를 내주고 싶지도 않다. 내 안의 약자를 위로하기보다 강하게 단련시키고자 한다.

마리 로랑생, 「책 읽는 여인」, 캔버스에 유채, 1913

보들레르가 말했던 것처럼 "비렁뱅이에게 덤벼들어" "그의 눈에 주먹을 한 대" 갈기는 '과감한 치료법'을 써본다. 동정을 구하거나 엄살을 피우지 못하도록, 두려워하거나 망설이지 못하도록, 지나치게 염려하거나 걱정하지 못하도록 차라리 채찍질한다. 그따위 가난뱅이에게는 결코 너그러운 동정심을 발휘하지 말자고 다짐한다.

샤넬은 로랑생이 그려준 외롭고 나약한 자아를 거부했다. 자신의 이미지를 스스로 결정하고 원치 않는 모습을 받아들이지 않았다. 자신을 계획하고 통제하는 사람에게는 그 의지가 진실이다. 샤넬이 부정했던 제 모습은 아이러니하게도 가장 대표적인 샤넬의 초상화로 남았다. 하지만 나는 샤넬이 원했던 방식으로 그녀를 기억해주려 한다. 샤넬이 마음보다 의지로 살았음을 알기 때문이다.

> 샤넬은 성공이나 부, 명성 이상의 것을 갈망했다. 그녀는 프랑스의 상징이자 프랑스를 위한 상징이 되고 싶어 했다._396쪽

1883년, 코코 샤넬과 같은 해에 태어났던 마리 로랑생은 샤넬이 결코 들키고 싶지 않았던 내면까지 응시한 뛰어난 화가였다. 황홀한 색채 감각으로 자신만의 독특한 화풍을 확립했기에 그의 그림은 언제나 구별된다. 로랑생이 그린 「책 읽는 여인」을

본다. 여인은 그저 책 앞에서 딴생각에 잠겨 있다. 까만 눈동자와 내려놓은 시선에서 허전한 마음을 읽는다. 그림을 그린 시기가 1913년이었으니, 연인이었던 시인 기욤 아폴리네르와 이별한 후였다.

언젠가는
게으르게

『언제나 일요일처럼』, 톰 호지킨슨
남문희 옮김, 필로소픽, 2014

퇴사한 지 한 달쯤 지나고 이 글을 쓴다. 책 쓴다는 핑계로 무작정 집에서 보내는 시간이 많아졌다. 꽤 괜찮은 날들이다. 제일 좋은 건 마음만 먹으면 하루 이틀 만에 책 한 권을 뚝딱 읽어버릴 수 있는 여유가 생겼다는 점이다. 냉장고에서 얼음을 뽑아 큰 머그잔에 담고 방금 내린 에스프레소를 부으면 홈카페 아이스커피가 탄생한다. 이제 커피를 들고 두꺼운 소설책을 읽으면 된다. 읽다보면 어느새 책상에서 소파로, 식탁으로, 침대로 자리가 바뀌어 있다. 가장 자유로운 공간인 집에서 기분 내키는 대로, 마음 편하게 책을 읽는다. 짭조름한 스낵 한 봉지를 뜯어 와사삭거리거나 달콤한 아이스크림을 핥아먹으면서 읽기도 하는데 그럴 땐 마치 어린아이로 돌아간 듯하다.

출근하지 않는다는 건 집에서 편히 누워 낮잠을 잘 수도 있다는 얘기다. 낮잠을 자면서 꿈속에서 염원하던 일이 이뤄지는 대박을 맞기도 한다. 바깥 날씨가 좋아 보이면 괜히 한번 나갈 구실을 만들어본다. 햄버거와 프렌치프라이를 사러 가기로 하고 햇살을 받으며 길을 걷다보면 문득문득 '책에 써야지' 싶은 문장이나 크고 작은 포부가 몽글몽글 샘솟는다. 찰스 디킨스가 하루에 몇 시간씩 산책하면서 좋은 글감과 아이디어를 얻었다는 건 정말 맞는 말인 것 같다. 누구의 지시나 간섭도 받지 않고 마음껏 내 시간을 쓰는 자유롭고 행복한 날들이다.

그런데 '자유롭고 행복하다'고 정의하려니 조금 걸리는 점이 있다. 사실 여전히 완벽하게 자유로운 느낌이 드는 건 아니기 때문이다. 문제는 나 자신이다. 지금은 내가 나의 자유로운 마음을 통제하고 구속하고 있다. 예를 들어 이런 상황이다.

혼자 집에서 점심을 먹으면서 와인을 두 잔쯤 마신다. 기분도 좋고 졸음도 몰려온다. 나도 모르게 깜빡 잠이 들었는데 깨어보니 무려 세 시간이 흘렀다. 이럴 수가…… 낭패감과 죄책감이 몰려와 괴롭다. 마치 친구들 모두 학교에서 공부하고 있는데 혼자서 수업을 빼먹고 낮잠이나 자버린 것 같은 불안한 기분에 시달리는 것이다. 남들 다 열심히 일하고 있는데 나는 시간을 낭비하고 있다는 자기비판이 시작된다. 물론 회사에 가지 않는 요즘도 나는 이전처럼 새벽 네시쯤 기상한다. 일찍 자고 일찍 일어나서 책 읽고 글 쓰는 루틴을 지키고 있다. 낮잠 한번 잤다고 자기비판까지 할 일이 무어냐 말이다.

내가 회사를 관둔 건 일하고 싶지 않아서가 아니었다. 더 끌리는 일을 더 자유롭게 실컷 하고 싶은 욕망 때문이었다. 그래서 회사에 구속되는 시간을 과감하게 포기했다. 취지가 그랬으니 이제는 스스로 일의 효율과 생산성을 독려하게 된 것이다. 회사 대신 내가 스스로를 완벽하게 구속하겠다는 시도. 자유로워졌지만 자유롭지 않다. 오만 가지 하고 싶은 일들과 해야 할 일들, 목표와 계획과 꿈과 소망을 실현해보자는 생각에 끊임없이 사로잡혀 있다.

이러는 동안에 읽은 책이 『언제나 일요일처럼』이다. 영국 저술가이자 잡지 『아이들러The Idler』를 창간한 톰 호지킨슨이 썼고, 퇴사 인사를 하러 간 나를 따뜻하게 맞이해준 A선배가 추천해준 책이었다. "지금 읽어보면 많이 공감될 거야"라면서. 차례 다음 페이지에 마치 '과업'처럼 느껴지는 문구가 쓰여 있다. "아무것도 하지 않는 것은 세상에서 가장 어려운 일이자 가장 지적인 일이다"라는 오스카 와일드의 명언이다.

책의 부제는 '떳떳하게 게으름을 즐기는 법'이다. 원제는 '어떻게 하면 게을러질 수 있을까How to be idle'이다. 호지킨슨은 세상을 '게으름'과 '안티 게으름'으로 나누고 본다. 그리고 자신은 완벽한 게으름을 추구한다. 그는 젊은 시절에 신문사에서 잠시 일하기도 했는데 금방 박차고 나왔다. 지금은 마감 시간이 없는 잡지사를 직접 차려 운영하고 있다. 일하려고 마시는 커피를 싫어하고, 일찍 일어나기를 거부한다. 게으름이 곧 자유라고 생각하며, 집에서 책을 볼 수 있다면 굳이 나가서 돌아다닐 필요도 없다고 여긴다.

매일 쏟아지는 뉴스에 대해서도 회의적이다. "그냥 잊어도 좋을 세상 소식들을 뉴스를 통해 새삼 확인하며, 눈 뜨자마자 침울한 현실 속으로 끌려나온다"고 지적한다. 십수 년간 기자로 살면서 뉴스를 전했던 나이지만 솔직히 그의 생각에 적잖이 공감한다. 세상에는 내가 알지 않아도 되는 뉴스가 절대적으로 많다. 모든 뉴스가 개인의 행동과 판단을 돕는 '등대'와 같은 역할을 하진 않는다. 오히려 알면 알수록 정신 건강에 해로운 뉴스들도 얼마나 많은가. 기자는 그저 제 일을 할 뿐, 시청자와 독자의 정신적 평화까지 고려하지는 않는다. 기자를 관둔 나는 더이상 뉴스에 몰입하지 않는다.

아무튼 책을 읽다보니, 진정 자유로워지려면 최소한 지금보다는 게을러져야 할 것만 같았다. 가만있자, '개미'가 아닌 '베짱이'를 목표로 삼아야 하는 건가? 단언컨대 나는 베짱이였던 적은 없었는데 말이다. '개미와 베짱이' 이솝우화의 결말을 차치한다면, 당장 내 눈에 더 근사하고 멋져 보이는 건 노래 부르는 베짱이였을지라도 나는 대부분 내일을 위해 계획을 세우고 오늘 부지런히 해둘 일을 찾는 개미가 되기를 택했었다. "잠은 무덤에서 자면 된다"는 말에 고개를 끄덕이면서……. 하지만 '진정한 자유'를 추구하겠다고 다짐하며 퇴사까지 해버린 나는 자유와 게으름을 등치시키는 듯한 저자의 논리에 조금 혼란스러워졌다. 할 일을 미루는 일에 초연하지 못한 나는 결코 자유로울 수 없는 건지 고민됐다. 이미 '해야 할 일'보다 '하고 싶은 일'을 선택하지 않았느냐고? 물론 그랬다. 하지만 '하고 싶은 일'을 하기 위해서도 언제나 '해야 할 일'이 있지 않던가.

나는 내가 게으름조차 노력을 들여 배워야만 실현할 수 있는 처지라는 걸 깨달았다. 나 말고도 그런 이들이 많을 것이다. 이 책의 부제가 '떳떳하게 게으름을 즐기는 법'이라는 것과 현대사회에 등장한 '느리게 사는 법' 등의 말만 봐도 알 수 있다. 방법을 제시하는 건 방법을 익히기 위한 노력을 전제로 하는 것이니 말이다. 특히 나는 완전히 '안티 게으름' 쪽으로 경도된 사람이다. 이건 성과의 문제와는 별개다. 천성 탓인지 학습의 결과인지 쉬지 않고 끊임없이 뭔가를 해야 잘하고 있는 줄 안다. 길을 걷거나 청소를 하면서는 오디오북이라도 들어야 시간을 잘 썼다는 안도감이 생긴다.

퇴사 후에도 '아침형 인간'으로 살고 있고, 스스로를 다잡으려고 동기부여에 좋은 무수한 자기계발서들을 읽는다. 18세기 근면 성실의 아이콘, 벤저민 프랭클린이 등 뒤에서 채찍질하는 기분이다. 나의 '안티 게으름'은 누가 시켜서가 아니다. 뼛속부터 자발적이다. "자유롭고 싶다"는 퇴사 변명은 반은 참이고 반은 거짓이었다. 실은 더 열심히 해서 꿈을 이뤄보겠다는 속뜻이 담겨 있다.

그러니 이 책을 읽었다고 내가 당장 변할 일은 없다. 사람이 하루아침에 바뀌는 건 쉽지 않다. 하지만 독서 후에 게으른 삶에 대한 야릇한 환상이 생기긴 했다. 언젠가는 게으르게도 살아보자는 소망의 불씨 한 점. 예를 들면 이런 거다. 잠을 깨우고 각성시키는 커피보다 빳빳한 마음을 살포시 적셔주는 차를 더 많이 즐기는 것이다. 오전 여섯시에 일어난 게 늦잠 잔 거라고 생각하지 않고, 서너 시간쯤 낮잠을 잤다고 낭패감에 젖지 않는 것이다. 그저 아무 생각 없이 멍하게 있는 시간도 전혀 아까워하지 않고, 인생 자체가 휴일이려니 여기며 매사 태평하고 느긋하게 사는 것이다. 자유롭겠다고 선언하고서도 게으르겠다는 욕망은 단 한 톨도 없었던 내게 '언젠가'를 겨냥한 소망의 불씨는 의미가 있다. 호지킨슨이 설파한 '게으른 삶'을 읽어뒀으니 원할 때 베낄 수도 있게 됐다. 취미도, 취향도, 생각도, 믿음도, 욕망도, 꿈도 시간이 흐르면서 바뀔 수 있는 것 아니겠는가.

언젠가는 지금과는 정반대의 모습으로 살게 될지도 모른다고 늘 생각한다. 반가운 지점이 있다면, 자신을 게으름꾼이라고 강조하는 호지킨슨의 열망이 궁극적으로 나와 별반 다르지 않

칼 라르손, 「휴일 독서」, 캔버스에 올린 종이에 연필·수채·구아슈, 69.5x99.5cm, 1916, 개인 소장

다는 것이다. '스스로 만든 룰에 따라 사는 것'과 '내적 힘을 키워 자신을 완전히 지배하는 주인이 되는 것'! 그렇다면 게으름과 안티 게으름은 결국 자아실현의 방법론 차이일지도 모르겠다.

이 책과 어울리는 그림 한 점을 소개한다. 스웨덴의 국민화가로 불리는 칼 라르손Carl Larsson의 「휴일 독서」이다. 라르손의 아내 카린과 막내아들 에스뵈른이 각자의 책에 빠져 한가로운 한때를 보내고 있다. 쉬는 날 세상만사 다 잊고 독서할 때 느끼는 충만감을 아는 사람은 안다. 선드본의 시골집 릴리 히트나스의 정원이다. 우거진 나무들도 잠을 자고, 시간은 느리게 흐르는 것만 같다. 휴일에 맛보는 게으른 시간이 아닐까 생각해본다. 그 무엇에도 구애받지 않고 책 속에 살면서 기꺼이 시간을 잊는 순간 말이다.

새로운 사랑 앞에서 퇴로를 끊다

『직업으로서의 소설가』, 무라카미 하루키
양윤옥 옮김, 현대문학, 2016

80퍼센트쯤은 이미 마음을 굳히고 있었지만, 결정을 지은 건 한 순간이었다. 2021년 8월 둘째 주, 부산 부모님 집에서 여름휴가를 보내던 때였다. 가족들이 모두 잠든 새벽녘에 혼자 거실로 나와 커피 한잔을 쥐고 프랑수아즈 사강의 『슬픔이여 안녕』을 읽어내렸다. 소설이 끝나고, 사강의 말이 눈에 들어왔다. "문학은 그 자체로 모든 것이었다. 최선의 것이며 최악의 것이자 치명적인 것으로서, 일단 그 사실을 깨닫고 나면 나머지 것들은 그 정도의 가치가 없었다"는 그의 고백이 마치 계시처럼 다가왔다. 나는 이제 기자 말고 작가가 되자고 마음을 굳혔다. 기사가 아닌 '글'을 제대로 써보자고 말이다.

"일단 그 사실을 깨닫고 나면"이라는 구절이 귓전에서 맴돌았다. 물론 당장 소설을 쓰겠다는 건 아니었다. 그저 나는 그즈음, 기자라는 본업에 대해, 앞으로 하고 싶은 일에 대해, 자신에 대해 점점 깨닫고 있었다. 그래서 "일단 그 사실을 깨닫고 나면"이라는 대목에서 쉽사리 헤어날 수 없었다.

그날 밤에는 예전에 봤던 영화 「로맨틱 홀리데이」를 다시 봤다. 남편과 함께 넷플릭스에서 볼만한 영화를 뒤지다가 '추억의 영화'를 튼 것이었다. 불행했거나 그리 행복하지 않았던 두 여자가 낯선 곳에서 진정한 자신을 깨닫고 새로운 삶을 찾는 이야기이다. 나를 더 알게 됐으니 새로운 삶을 살아보아야겠다는 생각이 불현듯, 물밀듯 밀려왔다.

그렇게 평범한 일들이 잇따라 일종의 징조처럼 느껴졌다. 마지막 고민을 멈추고 확실히 방향을 정했다. 휴가를 마치고 바로 사직서를 냈다. 퇴사 후에 느긋하게 무라카미 하루키의 에세이를 읽었다. 그런데 하루키 역시 한순간에 소설을 써보자고 생각했다는 대목이 나왔다. 야구장에서 한 외야수가 날아오는 강속구를 배트로 정확하게 맞춰 때리는 순간 소설을 써보기로 결심했다는 것이다. 35년째 전업 작가로 살고 있는 하루키는 "맑게 갠 하늘과 이제 막 푸른빛을 띠기 시작한 새 잔디의 감촉과 배트의 경쾌한 소리를 아직도 기억하고 있다"고 그 순간을 회상했다. 나도 '기사는 그만 쓰고 글을 쓰자'고 결심한 2021년의 여름날을 잊지 않을 것 같다.

나는 2005년 말부터 기자생활을 시작했다. 그리고 2021년 여름까지 쉬지 않고 기자였다. 본업에 꽤 오랜 시간 충실했다. 하는 동안 대부분 최선을 다했고, 내 일을 사랑했다. 주변에서도 기자 일에 대한 나의 애정을 모르지 않았을 것이다. 그래서 갑자기 그만두겠다고 했을 때 "왜?"라는 질문이 쏟아졌다. 하지만 일일이 답하려니 궁색했다. 자신에 대한 고민과 판단, 깨달음의 시간을 모두가 이해할 만한 짧은 대답으로 대신할 수 없었다. 내가 내놓을 수 있는 답은 그저 "오래 했으니까"였다. 물론 그 또한 명백한 진실이기도 했다. 다만 이렇게 글을 쓸 기회가 주어졌으니 조금 더 자세히 연유를 밝혀볼까 한다. 속내를 풀어놓기에는 글이 말보다 정교한 도구니까.

기자를 관둔 건 무엇보다 직업에 대한 나의 성실한 사랑이 끝났기 때문이었다. 동시에 대중 작가로 살고 싶다는 열망이 생겼기 때문이다. 새로운 사랑이 찾아와서 옛사랑을 끝낸 건지, 옛사랑이 끝나서 새로운 사랑을 찾은 건지는 선후 구분이 어렵다. 분명한 건 다시 열정적으로 살기 위해 과감한 결정이 필요했다는 사실이다. 몰리에르도 "사랑 없이 사는 것은 정말로 사는 것이 아니다"라고 말하지 않았던가(나의 두번째 책 『진심은 보이지 않아도 태도는 보인다』에서도 그의 말을 인용한 바 있다). 하는 일에 대한 사랑은 내가 인생에서 정말 중요하게 생각하는 부분이다. 제한된 경험에 근거할 뿐이지만, 기자라는 직업은 언제부

턴가 잦은 회의감을 줬다. 나는 한정된 에너지를 의심 없는 대상에 쏟아붓고 싶었다. 기자이면서 작가일 수도 있는 길을 포기한 이유다. 퇴사는 옛사랑으로 돌아가는 퇴로를 끊고 새로운 사랑을 향해 전진하는 방편이었다. 더 마음이 끌리는 쪽을 선택한 것이다.

앞선 책에서 "아직 꿈이 많아서 오래 일해볼 생각"이라고 나를 소개했었다. 그 말은 여전히 유효하다. 나는 기자를, 직장을 그만두었을 뿐 일하기를 포기한 것이 아니다. 여전히 꿈을 좇아 일하고 있다. 당장은 매달 들어오던 월급이 없어진 것뿐이다. 지금은 이렇게 글 쓰는 일이 내가 각별하게 정성을 쏟고 있는 나의 일이다.

어떤 책을 읽고 있느냐는 그 사람의 관심사를 반영한다. 그런 의미에서 『직업으로서의 소설가』는 글쓰기에만 몰입해 있는 나의 호기심을 자극했다. 하루키가 이 책을 썼다는 건 진작부터 알고 있었지만, 하루키의 엄청난 팬도 아니고 소설가도 아닌 나로서는 그동안 읽어볼 만한 동기가 없었다. 물론 제목에 '소설가'라는 단서가 붙어 있다는 점에서 여전히 내 상황에 꼭 들어맞는 건 아니지만, 어쨌든 '전업 작가'에 대한 이야기일 테니 지금은 글만 쓰고 있는 나의 처지와 비슷할 거라는 생각에 읽어보기 시작했다. 그리고 조금 많이 놀랐다. 기자였던 적 없는 하루키가 기자였던 나의 지금 생각을 앞서 써둔 것 같은 일치감 때문이었다. 그가 '기자와 작가의 차이'에 대해 써둔 일련의 대목들은 꼭 내 생각을 대변해주는 것 같았다.

하루키는 기자가 '그건 이렇고, 저건 이렇다'며 단시간에 명확한 결론을 내리는 부류라면, 작가는 어떤 일에 대해서든 쉽게 단정하지 않고 '나중에 얘기가 백팔십도 달라질지도 모른다'고 늘 여지를 열어두는 쪽이라는 견해를 밝혔다. 그리고 기자였으나, 앞으로는 작가로 살고 싶은 나는 그의 이런 생각에 무척 동의한다. 다만 기자가 '명확한 결론'을 좇는 이유는 많은 경우 그러해야만 방향을 제시하는 '기사'를 만들 수 있기 때문이며, 작가가 '결론을 유예'하는 이유는 그럴수록 더 큰 상상력과 포용력으로 새로운 이야기를 만들어나갈 수 있기 때문이라고 부연하고 싶다. 그리고 나는 그저, 평가와 결론보다는 상상력과 가능성을 더 추구하고 싶어졌다고 말하고자 한다.

내가 글 속에서 '어쩌면' '아마도' '~일지도 모른다'는 표현을 자주 쓰고 있다는 걸 안다. 글을 쓰면서 특정 어휘를 빈번하게, 반복적으로 쓰는 건 그리 바람직하지 않다는 것 또한 안다. 하지만 이 어휘들은 매사 여지를 열어두고, 어떤 경우에도 내 생각을 강요하지 않고 싶은 바람에서 선택한 것이다.

하루키 역시 "내 의견으로는 그렇다는 얘기"라고 전제하며 자신의 생각을 풀어나갔다. 하지만 기자로서 기사를 쓸 때는 대부분 이런 식의 표현은 쓰지 않았다. 기자가 기사를 이용해 자신의 의견을 과도하게 주입하는 게 바람직하지도 않거니와, 기사는 추측이나 모호성을 허용하지 않기 때문이다. 기자의 일이란 즉각적인 판단이 요구되는 일이고, 대부분 흑과 백을 나눠 한쪽에 서야 하는 일이며, 회색지대의 모호함을 용납하지 않는 일이다. 하지만 언제부턴가 나는 그 일을 회의하게 됐고, 기자로 사는 게 불편해졌다.

바로 이 지점이 하루키와 내가 공감하는 대목이라고 생각한다. 이제 나는 너무 많은 것들에 대해 즉각적으로 결론 내리지 않을 것이다. 섣부른 결론에 구속되고 싶지도 않다. 어떤 이슈나 문제들에 대해서는 '의견 없음'으로 살 것이다. 기자라는 직업을 예전만큼 사랑하지 않는다고 고백하는 건 여전히 어렵다. 한때 자신이 사랑했던 대상에 대한 마음이 바뀐 이유를 밝히는 건 어쩐지 예의가 아닌 것 같다. 그러나 사랑이 끝나도 추억은 남는다. 지난 세월 기자로서의 경험을 소중히 간직하며 앞으로도 성장의 자양분으로 삼을 것이다. 제 본분을 다하기 위해 밤낮으로 분투하는 동료 기자들을 진심으로 존경한다.

첫 책을 낸 후부터 나는 얼마나 될지 모를 나의 독자들을 사랑하기 시작했다. 독자는 책을 고르고 사서 읽는, 빌려 읽더라도 작정하고 책과 마주하는, 실로 적극적인 행위를 하는 사람이다. 때문에 설령 혹평하는 독자라도 생각과 감정이 다 같을 수 없어서 그런 것이니, 내가 쓴 책을 읽어줬다면 고마운 마음이 앞선다. 물론 책을 좋아해준다면 나와 통했다는 생각에 더할 나위 없이 기쁘다. 이제 겨우 두 권의 에세이를 출간했을 뿐이지만 애정과 격려를 보여준 독자들이 있어서 진심으로 행복했다.

하루키는 글을 쓸 때 '가공의 독자'를 염두에 두고 자신과 독자가 이어져 있다는 생각을 한다고 말한다. 나 역시 내 글을 읽어줄 독자들과 마음이 통하길 바라면서 글을 쓴다. 나의 독자들이 내가 좋아하는 그림 속 독자처럼 내 책을 즐겨준다면 얼마나 좋을까 바라본다. 19세기 오스트리아 화가 프란츠 아이블Franz Eybl이 그린 「독서하는 소녀」처럼 말이다. 마음에 가닿는 책의 표상, 책이 주는 감동을 그린 그림이다. 소녀는 가슴 위에 손을 얹고 있다. 심장이 뛰는 걸 느낄 만큼 공감하는 대목을 만났나 보다. 글을 따라가는 눈길에서는 한 문장도 놓치지 않으려는 몰입감이 엿보인다. 더 읽어야 할 분량이 아직 절반쯤 남았지만, 분명 책장을 넘기기가 아까울 것이다.

기자로 살면서는 단 한 순간도 내가 쓴 기사로 누군가의 사랑을 받고 싶다는 마음을 가졌던 적이 없었다. 가끔이라도 "기사 잘 봤다"는 인사를 듣기라도 하면, 되려 썼던 기사의 공정성과 오류 여부를 다시 따져보곤 했다. 기사는 진실하고 공정해도 비판받기 때문이다. 그래서 기자는 기사를 쓰고 욕을 먹더라도 스스로 당당하다면 꿋꿋하게 견뎌야 한다. 하지만 작가로

프란츠 아이블, 「독서하는 소녀」, 캔버스에 유채, 53x41cm, 1850, 오스트리아 벨베데레미술관

서는 나의 글로 사랑받고 싶다는 욕심이 싹튼다. 독자들의 러브레터를 많이 받고 싶고, 함께 애정을 나누고 싶다. 책을 쓰는 사람과 책을 읽는 사람이 교감하는 건 결국 서로 사랑하는 일이기 때문이다.

일찍 자고 일찍 일어나는 것, 육체적으로도 단련하는 것, 더 쓸 수 있을 것 같을 때 중단함으로써 다음날 작업을 보다 수월하게 이어가는 것…… 하루키의 전업 작가론은 다행히 나의 생활방식이나 의지에 반하는 부분이 거의 없었다. 헤밍웨이식 집필법을 종종 거론하는 것도 친근했다. 내가 런던에서 첫 책을 쓸 때부터 곁에 두고 의지했던 책 또한 헤밍웨이의 회고록 『파리는 날마다 축제』였기 때문이다. 헤밍웨이는 노벨문학상 수상 연설문을 통해 "글을 쓴다는 것은 최상의 경우라도 고독한 일"이라고 말했다. 하루키도 "소설가는 외톨이가 된다"고 말한다. 글을 쓰는 일이 본업이 된다면, 고독할 것이다. 하지만 새로운 사랑을 선택한 이상, 하루하루 충실하게 설레면서 이 길을 가보려 한다.

너의 시간이 녹아내리기 전에

『모모』, 미하엘 엔데
한미희 옮김, 비룡소, 1999

시간은 아껴 써야 한다고 믿으며 살았다. 당연히 돈보다 시간이 더 중요하기 때문에 돈을 들여서라도 시간을 아낄 수 있다면 금전적 여유가 닿는 한 그리했다. 시간에 대한 나의 도리는 언제나 그게 최선이라고 여겼다. 1분 1초를 아껴 살자고 다짐하면서 스스로를 기특해했다. 『모모』를 수년간 책장에 꽂아만 둔 채 읽어보지 않았던 것도 한정된 시간을 아끼는 와중에 우선순위에서 뒤로 미뤄뒀던 탓이다. 지금껏 나의 시계는 가슴보다는 머리를 따라 흘렀다. 시간을 '쓴' 날이, 시간을 '누린' 날보다 더 많았다.

> 하지만 시간은 삶이며, 삶은 가슴 속에 깃들여 있는 것이다. 사람들은 시간을 아끼면 아낄수록 가진 것이 점점 줄어들었다._98쪽

독일 동화작가 미하엘 엔데가 쓴 『모모』는 1970년에 출간됐다. 세상에 나온 지 50년이 넘은 책이지만 매일 시간을 아끼며 살기 바빴던 이들이라면 미처 못 읽어봤을 수도 있다. 모모는 열 살 안팎으로 보이는 어린 여자아이이다. 나이를 묻는 질문에 "백 살"이라고 답하기도 하지만 그건 숫자를 몰라서일 것이다. 키가 작고 말랐으며, 이젠 폐허가 된 원형극장 터에서 살고 있다. 크고 예쁜 눈을 갖고 있고, 헝클어진 까만 고수머리를 하고 맨발로 돌아다닌다.

모모에게는 큰 재능이 하나 있다. 바로 '다른 사람의 말을 들어주는 것'이다. '가만히 앉아서 따뜻한 관심을 갖고 온 마음으로' 듣는 것. 그래서 근심 걱정이 있는 사람들은 모모를 찾아가서 자신의 이야기를 털어놓는 것만으로 어느새 마음을 회복한다. 스스로 해답을 찾거나 위로받게 되는 것이다. "아무튼 모모에게 가보게!"라는 말은 무슨 일이 생기면 마을 사람들이 서로 주고받는 치유책이다. 나는 모모가 지붕이 뻥 뚫린 원형극장 터에 앉아 밤하늘을 올려다보는 장면이 참 좋다. 마치 바실리 칸딘스키Wassily Kandinsky의 그림이 겹쳐지는 듯하다.

> 친구들이 모두 집으로 돌아간 밤이면, 모모는 수많은 별들이 반짝이는 하늘을 머리에 이고 있는 옛 원형극장의 둥근 마당에 혼자 앉아 거대한 정적의 소리에 가만히 귀 기울이곤 했다. 그러면 모

바실리 칸딘스키, 「노랑-빨강-파랑」, 캔버스에 유채, 128x201.5cm, 1925, 파리 국립근대미술관

> 모는 별들의 나라를 향해 열려 있는 거대한 귓바퀴 한가운데에 앉아 있는 듯한 느낌이 들었다. 그리고 가슴 깊은 곳까지 스며드는, 나직하지만 웅장한 음악을 듣고 있는 것 같았다. 그런 밤이면 모모는 유난히 예쁜 꿈을 꾸었다._32쪽

음악이 없는 곳에서 들리는 음악은 마음의 소리다. 마음의 소리를 들을 수 있는 사람은 마음으로 살 것이다. 정적 속에서 '나직하지만 웅장한 음악'을 듣는 모모는 가슴으로 매 순간을 느낀다. 그래서 지금 상대가 하는 말에 집중할 수 있다. 누구보다도 잘 들어줄 수 있게 되는 것이다. 내면의 소리를 들으며 현재에 집중할 때 나는 러시아 추상화가 칸딘스키의 '뜨거운 추상'을 떠올린다. '서정 추상'으로도 불리는 '뜨거운 추상'은 선명한 색채와 역동적인 움직임을 구현해 자유롭고 감각적인 느낌을 주는 작품으로, 질서와 균형의 미를 추구한 '차가운 추상'(기하학적 추상)과 대비된다. 칸딘스키는 소리 없는 화폭 안에서 붓으로 음악을 연주했다. 보는 이가 주제를 알 수 없는 그림을 보면서 제 마음의 소리와 감정을 느낄 수 있도록 의도한 것이다. 칸딘스키의 그림을 보노라면 행복한 순간의 내면을 들여다보는 것 같다. 색채와 음악의 향연이 한창인 그곳에 초대된 듯한 환상.

모모를 통해 마음을 들여다보는 시간과 여유를 찾은 사람들은 '회색 신사'를 만나면 달라진다. 회색 신사들이 늘 하는 말은

“시간을 아끼라”는 것이다. 사람들이 아낀 시간으로 먹고사는 ‘시간 도둑’인 회색 신사들은 시간의 생산성을 강조한다. 하루 8만 6400초, 1년이면 3153만 6000초에 달하는 시간을 돈처럼 생각하고 절약하라고 말한다. 여유롭고 편안하게 지금을 누리는 건 사치라고 설득한다. 감정을 갖는 일도 쓸데없는 시간 낭비로 치부한다.

> 하지만 시간을 아끼는 사이에 실제로는 전혀 다른 것을 아끼고 있다는 사실을 눈치챈 사람은 아무도 없는 것 같았다. 아무도 자신의 삶이 점점 빈곤해지고, 획일화되고, 차가워지고 있다는 것을 알아차리지 못했다._97~98쪽

시간을 아끼기 위해 고군분투하는 사람들은 사실 그들의 소중한 시간을 빼앗기고 있었다. 단지 시간을 저축하고 있다고 착각할 뿐이다. 시간의 물질적 속성만 보는 사람들은 점점 회색 신사들을 닮아간다. 사람들에게 시간을 나눠주는 시간 관리자, 호라 박사는 그런 사람들이 결국에는 ‘견딜 수 없는 지루함’이라는 병에 걸린다고 진단한다. 현재라는 선물에 흥미를 느끼지 못하는 건 물론이고, 어떠한 감정도 갖지 못하는 기계적 인간이 되고 마는 것이다. 화도 내지 않지만 열광하지도 않는, 기뻐하지도 않고 슬퍼하지도 않는, 웃음과 눈물을 모두 잃어버린 ‘공

허한 잿빛 얼굴'의 인간이 되는 것이다.

> 너희들은 시간을 느끼기 위해 가슴을 갖고 있단다. 가슴으로 느끼지 않은 시간은 모두 없어져버리지. (……) 허나 슬프게도 이 세상에는 쿵쿵 뛰고 있는데도 아무것도 느끼지 못하는, 눈멀고 귀먹은 가슴들이 수두룩하단다._217쪽

호라 박사의 말대로 우리가 시간을 느낀다면 그 시간은 언제나 상대적이다. 영원처럼 느껴지는 시간이 있다면 쏜살같이 여겨지는 시간도 있다. 시간의 상대성은 시간을 쓰거나 누리는 일이 결국 각자의 선택과 책임에 달렸다는 뜻이다. 그렇다면 나는 내게 주어진 시간을 제대로 느끼고 있을까. 아니면 그저 내일을 위해 오늘의 시간을 저축하고 있다며 착각하고 사는 걸까.

『모모』를 읽으면서 칸딘스키의 추상만큼이나 자주 떠올린 그림이 있다. 스페인 초현실주의 화가, 살바도르 달리가 그린 「녹아내리는 시계」다. 카망베르 치즈가 녹는 모습에서 착안해 늘어진 시계를 그렸다는 일화로 유명한 달리의 대표적인 작품이다. 어쩌면 내가 느끼거나 누리지 못하고 그저 아껴둔 시간들은 그림 속 시계처럼 이미 녹아 없어져버렸는지도 모르겠다.

빼앗긴 시간을 사람들에게 되찾아주는 동화를 읽으면서, 죽을 때 돈을 싸 들고 세상을 떠날 수 없듯이 아껴둔 시간 역시 찾

아 쓸 방도가 없다는 사실을 새삼 깨닫는다. 시간을 아끼는 것으로 삶을 연장할 수 없고, 추억을 되찾을 수도 없다. 미래를 위해 지금을 저축하는 건 어리석다. 『모모』에 나오는 거북이, 앞날을 예견하는 '카시오페이아'도 고작 30분 앞을 먼저 내다볼 뿐이다.

칸딘스키의 뜨거운 추상처럼, 지금 당장 가슴 뜨거워지는 일을 해야겠다. 적어도 오지 않은 미래를 위해 현재를 희생하지는 말아야겠다. 별을 보고 음악을 듣고 더 많은 동화를 읽어야겠다. 마음으로 살지 않으면, 우리에게 주어진 시간이 녹아내릴지도 모른다.

나는 소망한다 내게 금지된 것을

『나는 소망한다 내게 금지된 것을』, 양귀자
쓰다, 2019

절대로 그럴 수 없겠지만(절대로 그래서도 안 되겠지만), 이 소설을 읽다보면 자꾸만 내가 강민주가 되어보는 상상을 한다. 작가 양귀자도 "현실에는 없지만" "소설이므로" 창조했다고 말했을 만큼 파격적인 지성. 강민주의 삶은 읽기 시작하는 순간부터 끝까지 단 한 순간도 지루하지 않다. 세상을 향한 그녀의 복수는 비합리적이지만, 확실한 메시지를 품고 있다.

거의 30년 만이다. 자주 들르는 대형서점 매대에 추억의 소설이 새로 나와 있었다. 『나는 소망한다 내게 금지된 것을』이라는 제목은 여전히 강렬하다. 금지되면 저항하고 싶다. 책 표지가 앙리 마티스의 '재즈' 시리즈로 꾸며져 있다. 언뜻 여성의 육체를 연상시키는 단순한 형상은 마티스가 그의 말년에 종이를 오려 붙이는 '컷아웃cut-out' 기법으로 작업한 것이다. 새 책을 샀고, 다시 읽어본다.

강민주는 20대 후반의 미혼 여성이다. 대학원에서 심리학을 공부하면서 여성 문제 상담소에서 상담을 맡고 있다. '상식적인 예의'를 중요하게 생각하고, 웃음을 믿지 않고, 차갑고, 이지적이다. 책을 읽고 사색을 즐긴다. 결코 충동적이지 않고, 모든 일을 계획하고, 강한 집념을 좋아한다. 다만 배고픔이나 추위, 짜증 같은 본능적 욕구는 잘 참지 못한다. 밤 열한시에 격식을 갖춘 요리를 편하게 먹는다. 곁에는 자신을 '선생님'이라고 부르는 수족 같은 남자, 황남기가 있다. 황남기는 강민주와 눈을 보고 대화하는 것조차 어려워한다. 그만큼 경외하고 사랑하기 때문이다. 강민주는 그런 황남기가 만들어주는 새우튀김을 특히 좋아한다. 최상급 재료로 기름을 아끼지 않고 시간을 지켜서 만든 요리다. 강민주는 폭력적이었던 아버지를 기억하고 있으며, 어머니가 물려준 상당한 유산으로 돈 걱정 없이 살고 있다. 그녀는 자신을 '신의 대리인'으로 규정한다. 자신이 하는 모든 일은 합당하다는 선언일 것이다. 강민주는 언제나 조지 윈스턴을 들으며 차를 몬다. 조지 윈스턴…… 이 대목에서 문득 향수를 느낀다. 나는 학창시절에 그의 피아노곡을 들으며 공부했었다. 피아노를 전공하던 친구가 조지 윈스턴을 유독 좋아하던 바람에 나도 따라 들었다. 그 시절 나의 친구는 지금 어떻게 지내고 있을까.

> 모든 삶은 길 위에 있다. 이 명제에 충실하기 위해 나는 새로운 여행을 시작한다. 여행은 계획이나 목적 없이 훌쩍 떠나야 자유를 만끽할 수 있다고 말하는 바보들을 나는 많이 알고 있다. 얼마나 우스운 소리인가. 무계획이나 무목적 속에서 자유가 나온다는 발상은 미래에 대한 비전을 갖지 못한 자들의 자기변명에 지나지 않는다. 나는 길을 향해 떠나기 전에 미래를 모두 계획한다. 그것이 길 위에 서서 뒤늦게 미래를 생각하는 보통의 사람들과 내가 다른 점이다._40쪽

강민주는 계획한 범죄를 실행에 옮긴다. 영화배우 백승하를 납치하는 것이다. 서른다섯 살의 백승하는 더할 나위 없이 부드러운 남자다. 늘 여성들이 꼽는 배우자상 1위에 오른다. 웃음 많고 감수성 짙은 애처가, 그 꿈같은 이미지의 허구성을 폭로하는 게 강민주가 백승하를 납치한 이유다. 남성을 조롱하고 남성에 대한 환상을 깨기 위해 백승하를 표적으로 삼았다. 8개월간의 감금. 약간의 변수가 생긴다. 머리로 하는 일이 마음에서 걸리는 것이다. 감시자와 포로로 만난 두 사람은 어느새 교감하고 있다. 강민주는 백승하 때문에 심장이 뛰고, 백승하는 더이상 강민주에게서 벗어나려고 애쓰지 않는다. “삶이란 신이 인간에게 내린 절망의 텍스트”라고 믿었던 강민주. 절망적인 ‘여성 차별의 텍스트’를 거부하려던 시도는 백승하를 사랑하게 되면서

흔들린다.

백승하는 선한 사람이다. 둘은 어느새 "나란히 침대에 걸터 앉아 뜨겁고도 향기로운 차를 마신다". 강민주는 백승하로 인해 변해가는 자신이 불안하다. 강민주와 백승하를 지켜보던 황남기는 사랑하는 강민주를 지키기 위해 그녀를 향해 총을 쏜다. 백승하는 집으로 돌아가고, 황남기는 체포되고, 강민주는…… 죽음을 맞는다. 파격에 파격이 더해진 소설의 결말이다.

강민주가 황남기가 쏜 총에 맞는 예상치 못한 비극은 연극 중에 일어난다. 강민주와 함께 연극을 해보고 싶다는 게 백승하의 바람이었다. 둘은 황남기가 보는 앞에서 연극을 한다. 백승하가 선택한 대본은 외젠 이오네스코의 『수업』. 비논리적인 언어와 행동으로 인간 밑바닥의 허무와 불안을 드러내는 반연극反演劇 작품이다. 백승하가 노교수를, 강민주가 여학생 역을 맡는다. 소심하고 나약한 교수는 수업을 진행하며 점차 신경질적이고 공격적으로 변한다. 교수는 끝내 학생을 살해하고 만다. 여기까지가 연극이다. 하지만 황남기는 이 대목에서 강민주를 향해 총을 쏘고, 백승하가 연기하는 노교수의 칼에 찔려 죽는 연기를 해야 했던 강민주는 진짜 총에 맞아 숨을 거둔다. 무대 위의 삶도, 무대 밖의 실제 삶도 모두 끝난 것이다.

무대에서 다른 삶을 살아보는 일도 나쁘지 않다. 나를 떠나 전혀

> 다른 타인으로 변신하는 일이 이처럼 신선할 줄이야. 이건 연습 때도 느껴보지 못한 감정이다. 연습은 언제라도 중단할 수 있지만, 공연은 마지막 대사를 발음할 때까지 중단할 수 없다. 마치 삶처럼._340쪽

강민주는 한 편의 연극 같던 생에서 주어진 운명에 저항했다. 여성 차별과 폭력이라는 절망 속에서 남성보다 더 강한 여성이 되는 것으로 자신의 정체성을 다시 썼다. 누구도 할 수 없는 일을 시도하면서 제 힘을 시험했다. 남성을 납치하고 감금하는 비합리적 행위는 모든 금지된 것들에 대한 반항이었다. 금지된 것이라서 감행했다. 이성을 향한 사랑의 감정만큼은 스스로 허용하지 않았다. 하지만 결국 소망하게 되면서 당황한다. 백승하는 그런 강민주를 '지성인'으로 평가했다. 남성중심사회에 경종을 울리기 위해 강민주가 자신을 이용했음을 그는 이해했다.

소설은 여성 억압적 사회를 비판하고 있다. 하지만 이 소설을 단순히 페미니즘 작품으로만 해석하는 건 어딘가 부족하다. 내게 이 소설은 자신의 삶을 적극적으로 해석하고 행동하는 '소망의 텍스트'로 읽힌다. 강민주가 지성으로 고안한 사회적 메시지. 메시지를 만드는 일은 지성과 통찰이 있어야 비로소 가능해진다. 지성은 결국 스스로 생각하는 힘이며, 스스로 생각할 수

윌리엄 오펜, 「호스만에서 책 읽는 그레이스」, 캔버스에 유채, 45.8x50.8cm, 20세기 초, 개인 소장

있는 사람이 곧 지성인이다. 소설의 제목 '나는 소망한다 내게 금지된 것을'은 프랑스 초현실주의 시인 폴 엘뤼아르의 시 「커브」의 전문全文이다.

강민주는 순백의 의상을 입고 자신이 맡은 역할을 연기했다. 새하얀 블라우스와 발등까지 치렁거리는 흰 치마를 입은 강민주의 모습은 아마도 그림 속 이 여인과 닮지 않았을까. 영국의 초상화가 윌리엄 오펜William Orpen이 그린 「호스만에서 책 읽는 그레이스」라는 제목의 그림이다. 여인은 바람으로부터 자신을 보호하려는 듯 모자를 눌러 쥔 채 책 속에 몰입해 있지만, 치맛자락은 바람을 탄다. 여인이 이오네스코의 『수업』을 읽고 있다고 상상해본다. 여인의 우아함을 밝히는 건 텍스트를 해석하고 통찰하는 지성이다. 여인 앞에 펼쳐진 바다 풍경이 또다른 세상으로 나아갈 수 있음을 암시하는 듯하다. 여러 번 곱씹은 소설 속 한 문장을 떠올린다.

> 미지를 향한 끝없는 발돋움, 삶이란 그 한없는 떨림의 공명판이 아니던가._83쪽

텍스트를 찢고
책상 위로 올라갈 것

『죽은 시인의 사회』, N.H. 클라인바움
한은주 옮김, 서교출판사, 2004

입시와 상관없어진 지 오래다. 하지만 해마다 수능 시즌이면 괜스레 마음이 짠해진다. 20여 년 전 내 모습이 떠오르기 때문일까. 지금은 제법 '쿨'해졌는지 예전에는 참 별것도 아닌 일로 속을 끓였네 싶지만, 수험생으로 살던 그 시절은 시험 문제 하나에 인생이 달린 것처럼 극성을 떨었다. 정작 수능 날 시험을 못 봤고, 침울한 분위기에서 부모님과 함께 중국 음식을 시켜 먹었던 기억이 난다. 거의 울면서 먹었던 자장면과 탕수육. 그래도 먹기는 먹었다.

솔직히 요즘에는 학벌이 뭐 그리 중요한가 싶다. 전 세계가 온라인으로 연결되어 있고, 누구든 취미와 특기를 개인 채널에서 상품화할 수 있는 시대이니 말이다. 공부 아니라도 자신이 좋아하고 잘하는 일로 얼마든지 잘 살 수 있다. 살다보면 입시가 끝나도 인생은 시험의 연속임을 알게 된다. 언제 수능으로 고민했었나 싶을 만큼. 대학만 가면 고생 끝인 줄 알았던 10대 때는 진정 순진했다.

국내 개봉 시기가 1990년이니, 무려 30년도 더 전에 나온 영화 「죽은 시인의 사회」를 기억한다. 학창시절이나 입시를 떠올리면 늘 생각나는 영화다. 요즘 청소년들은 못 본 경우가 더 많겠지만 지금 40대 전후의 '우리 세대'라면 아마도 다 알지 않을까 한다. '지금 이 순간에 충실하라'는 의미의 라틴어, '카르페 디엠carpe diem'을 처음 알게 된 것도 10대 때 이 영화를 보고서였다. 나는 한동안 카르페 디엠을 되뇌며 다녔고, 책상 앞에도 붙여놨었다.

카르페 디엠. 존경해 마지않는 키팅 선생의 거듭된 주문이었다. 미국 아이비리그 입학률이 해마다 70퍼센트를 넘어서는 명문고에서 입시와 성적에 짓눌려 살던 학생들이 그런 키팅 선생을 만났으니 얼마나 신선했을까. 그 시절 영화 속 선생의 주문은 영화 밖의 나에게도 무척 황홀했다. "오! 선장님! 나의 선장님!" 휘트먼이 링컨을 찬양한 시구대로 자신을 '선장'으로 불러달라고 했던 키팅 선생은 학생들에게 차라리 영웅이었다. 나는 다만 현실에서는 키팅 선생처럼 삶의 방향과 철학을 전수해주는 선생님을 만나기가 왜 이리 어려운 거냐며 안타깝게 생각했다.

최근 서점에 갔더니 낸시 클라인바움이 쓴 『죽은 시인의 사회』가 진열되어 있었다. 영화를 소설로 각색한 것으로, 초판이 나온 건 꽤 오래전이지만 미처 읽어보지 못했었다. 300여 쪽 되는 책장은 순식간에 넘어갔다. 영화에서도 책에서도 내가 제일 좋아하는 대목이 두 군데 있는데, 책을 찢는 장면과 교탁 위로 올라서는 장면이다. 학생이라면, 이 얼마나 통쾌할 일인가.

장면 1 (수업시간에 문학박사가 쓴 '시의 이해' 관련 대목을 읽다가)

"이건 엉터리야! 완전히 거짓말투성이라고! 당장 책에서 그 대목을 찢어내라! 부욱 찢어버려, 어서! 지금 당장 쓰레기통에 던져버리라고!"

(……)

그(키팅)는 휴지통을 번쩍 치켜들더니 힘찬 걸음으로 학생들 사이를 돌아다녔다. 그리고 학생들이 찢어낸 책장을 버릴 수 있도록 일일이 옆에 멈춰 섰다._87~88쪽

장면 2 (편견에서 벗어나 새로운 시각을 가질 것을 주문하며)

갑자기 키팅 선생은 교탁 위로 훌쩍 뛰어올라갔다.

(……)

"내가 무엇 때문에, 왜 여기 올라와 있다고 생각하지? (……) 나는 여러분이 다른 각도에서 끊임없이 사물을 바라봐야 한다는 점을 증명해 보이려는 것이다. 좀더 높은 곳에서 보면 세상은 달라 보이거든. (……) 좋다! 모두들 여기 올라와서 직접 느껴 보도록! 너희들 전부 순서대로!"_133～134쪽

학생들은 이제 프로스트와 휘트먼의 시를 외운다. 시를 읽는 클럽의 이름이 '죽은 시인의 사회'다. 학생들은 처음으로 정말 하고 싶었던 일에 도전한다. 가슴 뛰는 일을 찾아 무대 위에서 연극을 하고, 사랑을 고백해본다. 하지만 스스로 결정하고 현재에 충실할 것을 돕는 교육은 저항에 부딪힌다. 연극 무대에서 꿈을 펼친 아들을 반대하는 아버지, 그런 아버지를 이기지 못해 극단적인 선택을 하고 마는 아들. 제자의 죽음은 결국 선생의 책임이 된다. 키팅 선생이 교단을 떠나는 날, 제자들은 하나둘 책상 위로 올라간다. 항상 다른 각도에서 새롭게 세상을 볼 것을 가르친 선생의 말에 따라. 진정한 교육이 이뤄질 때 선생과 제자는 교감한다. "오! 선장님! 나의 선장님!" 제자가 선생을 그렇게 부르는 건 받은 가르침을 실천하겠다는 의지의 표현이다.

돌아보면 늘 두 가지 종류의 책이 있었다. '읽고 싶은 책'과

로런스 알마타더마, 「좋아하는 시인」, 캔버스에 유채, 38.6 x 51.5 cm, 1888, 리버풀 레이디레버미술관

'읽어야 하는 책'. 우리는 '교과서 공부에 충실하면 좋은 성적을 거둔다'는 말로 압박받았다. 교과서나 참고서는 의지와 상관없이 읽어야만 하는 책이었다. 읽고 싶은 책은 늘 따로 있었다. 책을 좋아한다는 말은 읽고 싶은 책을 좋아한다는 말이다. 나는 책을 좋아하지만 교과서나 참고서를 좋아한다고 생각해본 적은 없다. 의무가 되면 좋아하기 어렵다. 우리의 의무는 누가 우리에게 지워준 걸까. 혹시 나는 아직도 '읽어야 하는' 텍스트 속에 갇혀 있는 건 아닐까. 어른이 된 지금의 나는 진정 자유롭게 생각하고 스스로 판단하고 있는 게 맞는지, 그렇지 않을 수도 있다는 생각에 두려움이 밀려든다. 쓸데없는 의무와 규칙들로 빽빽한 텍스트를 찢어버리고 새롭게 보라고 격려해줄 키팅 선생님이 내 곁에도 있으면 좋겠다. 항상 현재의 나를 위해 선택하라고 조언해줄 선생님이 곁에 있었으면 좋겠다. 나는 훌쩍 자랐지만, 여전히 좋은 선생님이 필요하다.

네덜란드에서 태어나 훗날 영국으로 귀화한 화가 로런스 알마타더마Lawrance Alma-Tadema가 그린 「좋아하는 시인」을 본다. '시인'이라는 단어가 제목에 들어간 그림이어서, 책을 보면서 함께 떠올렸다. 대리석으로 된 벤치 쿠션에 몸을 기댄 젊은 여성은 무엇 때문에 저렇게 무기력하고 불안해 보일까. 옆에 앉은 친구는 그런 그녀를 위해 시를 읽어준다. 길고 긴 두루마리 종이에 빼곡히 적힌 시들로 번민하는 마음을 달래주고자 함이다.

고대 로마인들의 삶에 깊은 관심을 가졌던 알마타더마는 로마인들이 일상의 권태와 스트레스를 치유하는 방식 중 하나가 시를 읽는 것이었다는 메시지를 그림으로 전했다. 키팅 선생이 틀에 박힌 일상에 갇힌 학생들에게 시를 향유하는 여유를 선물했듯, 시는 지루하고 나른한 자아를 새롭게 일깨우는 도구가 된다. 좋은 선생님을 곁에 두듯, 좋은 시를 음미하며 가슴을 뛰게 해보자. '당신이 좋아하는 시가 무엇이냐'고 물었을 때 답을 할 수 있다면, 답답한 제도권 교육이 낳은 획일화된 인간이라는 오명을 벗을 수 있을지도 모른다. 우윳빛으로 은은하게 빛나는 대리석의 질감과 밝은 색조의 이미지 표현에 뛰어났던 알마타더마는 언제나 고전적 아름다움을 추구했다.

최고의 운명을 기다린다

『레이트 블루머』, 리치 칼가아드
엄성수 옮김, 한국경제신문, 2021

프랑스의 대표적인 신고전주의 화가 윌리암아돌프 부그로William-Adolphe Bouguereau가 그린 그림들을 좋아해서 가끔씩 찾아본다. 주로 여성이나 아이를 대상으로 신화적이고 고전적인 주제를 현대적으로 재해석해 표현한 그의 작품들을 보노라면 마치 꿈결에서 만날 법한 이미지들 같다. 부그로는 완벽한 드로잉을 위해 해부학을 공부했을 만큼 고도로 숙련된 사실주의 화가였으며, 그런 점에서 순간적 느낌을 포착하는 데 집중한 인상주의 화가들과는 대척점에 있었다. 나는 단 한 점의 결점도 없어 보이는 그의 그림들을 볼 때마다 그리는 일을 소명으로 삼았을 화가의 삶에 숙연한 마음이 든다. 미국과 프랑스 등지에서 큰 명성을 떨치면서 비싼 값에 거래되던 그의 고전적 작품들은 인상주의가 인기를 끌던 20세기 초반에는 대중의 외면을 받기도 했

윌리암아돌프 부그로, 「어려운 수업」, 캔버스에 유채, 97.8x66cm, 1884, 개인 소장

다. 하지만 1980년대에 들어 인물화에 대한 관심이 부활하면서 재조명되었다. 이처럼 같은 그림도 시대마다 그 운명이 달라지다니, "모든 것은 때가 있다"는 말은 진리이지 싶다.

부그로가 그린 「어려운 수업」을 본다. 제목에서 드러나듯, 어린 꼬마에게는 공부가 쉽지 않은 것 같다. 사랑스러운 소녀는 작은 계단 위에 걸터앉아서 무릎 위에 책을 펼쳐 들고 있다. 책 속 글자 위에 머물러 있을 소녀의 왼손 집게손가락에 시선이 간다. 어려운 대목을 손가락으로 짚어가며 거듭 읽어보던 중이지 않았을까. 나는 독서중에 집중이 잘 되지 않거나, 머릿속에 꾸욱 새겨넣고 싶은 문장을 만나면 종종 저렇게 손가락으로 밑줄을 그으며 읽곤 한다. 그러면 왠지 독서 효율이 조금 더 높아지는 것 같다.

생물학적 나이와 상관없이, 아직 완성되지 않은 사람의 내면에는 그림 속 소녀와 같은 아이가 살고 있을 것이다. 제게 꼭 어울리는 꽃을 피우기까지 힘든 공부를 계속해야 하겠지만, 아이는 언젠가는 어른이 되고 '자신만의 때'를 만날 것이다. 부그로의 그림 안에서 결기에 찬 눈빛으로 정면을 응시하고 있는 아이가 마치 나의 분신처럼 느껴진다. 여전히 힘든 수업을 받고 있지만, 책에서 희망을 찾고, 꿈에 도달하는 길을 상상하고 있는 나, 아직 꽃 피울 시기를 기다리고 있는 '레이트 블루머late bloomer'로서의 나 말이다.

리치 칼가아드가 쓴 『레이트 블루머』를 읽었다. 책의 부제는 '나이를 뛰어넘어 잠재력을 발휘하는 법'이다. 레이트 블루머는 말 그대로 늦게 꽃피는 사람이다. 책에서는 "기대보다 늦게 자신의 잠재력을 십분 발휘하는 사람"으로 설명한다. 나는 내가 레이트 블루머라고 믿고 있다. 그리 되기를 소망하기에 그렇게 믿어버리는 것이다.

> 오프라 윈프리는 '모든 사람에게는 최고의 운명이 있다'는 말을 한다. 레이트 블루머는 결국 자기 나름의 방법에 따라 자신의 일정대로 자신에게 주어진 최고의 운명을 찾아내는 사람이다._37쪽

현실이 바람에 못 미칠 때면 운명에 대해 생각해보게 된다. 나의 '때'는 과연 언제 오는지를 말이다. 아직 최고의 운명을 살아본 것 같지는 않다. 더 좋은 날들을 기대하고 있다. 21세기를 살고 있고 과학을 믿지만, 왠지 저마다의 운명이 얼마큼은 정해져 있을 것만 같다. 그렇다고 정해진 운명에 순응하며 수동적으로 살겠다고 생각해본 적은 없다. 오프라 윈프리의 말처럼 자신에게 주어진 '최고의 운명'은 직접 찾아서 쟁취해야 하는 것이라고 믿고 있다.

최고의 운명을 찾을 수만 있다면 '얼리early 블루머'보다 레이트 블루머가 훨씬 좋다. 아직 더 좋은 걸 남겨뒀다는 기대와 곧

꽃을 피우게 되리라는 희망을 품고 살게 되는 거니까. 꽃은 피면 지기 마련이고, 꽃봉오리는 언제나 활짝 핀 꽃으로 가는 가능성이고 약속이다. 레이트 블루머의 운명을 산다는 건 긴 시간 꽃봉오리로 사는 일이다. 늦게 꽃피기까지 더 많이 배우고 시도하는 미덕을 연마하는 일이다.

> 사실 뭔가에 계속 매달려야 할 때를 아는 것도 중요하지만 뭔가를 그만두고 방향을 바꿔야 할 때를 아는 것도 그에 못지않게 중요하다. 우리는 너 나 할 것 없이 모두 장래성이 없는 직장을 그만두지 않거나 유해하거나 불행한 인간관계를 하루라도 빨리 끝내지 않은 것을 후회한다. 우리 자신에게 더이상 도움이 안 되는 일들을 그만둘 때, 우리는 우리의 의지력과 끈기를 해방시켜 정말 중요한 일들에 쓸 수 있게 된다. 우리가 쓸 수 있는 시간과 관심의 양은 제한되어 있는 까닭이다._284쪽

끈기 있고, 쉽게 포기하지 않는 것이 나의 장점이다. 하지만 가다가 방향을 바꾸는 '결단력'에 대해서라면 그리 자신이 없었다. 기자라는 직업을 관두기 전까지는, 특별히 가던 길을 포기하거나 진로를 수정해야 할 일이 있었던 것도 아니다. 어쩌면 그렇게 믿고 뭐든 끝까지 완성하는 데 집착해왔는지도 모르겠다. 그래서 이 책을 읽으면서 마음이 동요했다. 이제는 방향

을 바꿀 때라는 마음의 소리가 들렸다. 왜 늘 멈추지 않고 계속 하는 것만이 좋은 답이라고 생각했을까. 그만두는 게 자신에게 솔직해지는 거라고, 그만두는 건 자아 발견 과정의 일부이며 방향을 바꿀 힘이 필요한 일이라고 설파하는 대목을 읽는데 눈물을 쏟을 뻔했다. 이미 그린 그림을 버리기 아까워하기보다 새롭게 또다른 그림을 그릴 용기도 필요하다. 기왕 레이트 블루머가 되기로 했다면 말이다. 자신을 위한 솔직함과 자신을 수정할 수 있는 패기야말로 생의 중반기로 접어든 내가 비로소 갖춰야 할 미덕이었다.

괴테는 "인간은 노력하는 한 방황한다"라고 했다. 지금 올라 있는 컨베이어벨트에서 뛰어내려 방황하더라도 노력해보기로 한다. 레이트 블루머가 겪는 성장통일 것이다. 이제는 나를 옮겨 심는다. 우리에게는 언제든 더 새로운 자신을 상상할 자유가 있다. 궤도를 수정했다면 또다른 길을 그려야 한다. 뭐가 됐든, 최고의 운명을 찾아가는 길이다.

내일의 가능성

나에게로 돌아오는 그림 독서 여정

1판 1쇄	2022년 4월 25일
1판 2쇄	2023년 7월 7일
지은이	조민진
펴낸이	김소영
책임편집	임윤정
편집	전민지
디자인	엄자영
마케팅	정민호 박치우 한민아 이민경 박진희 정경주 정유선 김수인
제작처	영신사
펴낸곳	(주)아트북스
출판등록	2001년 5월 18일 제406-2003-057호
주소	10881 경기도 파주시 회동길 210
전화번호	031-955-7977(편집부) 031-955-2689(마케팅)
트위터	@artbooks21
인스타그램	@artbooks.pub
전자우편	artbooks21@naver.com
팩스	031-955-8855
ISBN	978-89-6196-411-1 03810

• 책값은 뒤표지에 있습니다. 잘못된 책은 구입하신 서점에서 교환해 드립니다.